FEAR STREET

NUIT FATALE

L'auteur

Robert Lawrence Stine est né en 1943 à Columbus, aux États-Unis. Il est l'auteur de très nombreux romans d'horreur, dont la collection *Chair de poule*, qui rencontre un immense succès dans le monde entier. Il est souvent présenté comme « le Stephen King de la littérature jeunesse ».

Du même auteur, chez Pocket Jeunesse

Fear Street T. 1 – La disparue

R.L. STINE

FEAR STREET

NUIT FATALE

Traduit de l'anglais (États-Unis)
par Guillaume Fournier

POCKET JEUNESSE
PKJ·

Titre original :
Surprise party

Directeur de collection : Xavier d'Almeida

Loi n° 49-956 du 16 juillet 1949 sur les publications destinées à la jeunesse : juin 2021.
Publié pour la première fois en 1989 par Parachute Press, Inc
Nouvelle édition 2020 par Simon Pulse,
Simon and Schuster, New York

ISBN : 978-2-266-31971-3
Dépôt légal : juin 2021

PROLOGUE

Comme ç'avait été facile ! Et rapide.

La détonation avait claqué sèchement, tel un pétard.

Adieu, Evan.

Fais de beaux rêves.

C'était tellement simple. Et pas désagréable du tout, au fond.

Surtout si on refoulait la scène dans un coin reculé de son esprit – pour penser plutôt à... elle.

Il l'avait constamment dans la tête. Elle venait sans arrêt occuper ses pensées, écartant ce qui aurait dû être ses préoccupations du moment, au point qu'il craignait parfois de devenir fou.

Il se rendit compte qu'il ferait n'importe quoi pour elle.

Il voulait qu'elle soit avec lui, qu'elle ne pense qu'à lui – pour qu'elle éprouve un peu ce qu'il ressentait.

Ce serait le cas, désormais.

Il essuya la crosse du fusil contre son T-shirt et s'éloigna sur le sentier entre les arbres.

Le bois était calme, parfaitement silencieux, maintenant.

En partant, il se retourna pour jeter un dernier coup d'œil au corps.

Parviendrait-il à s'en tirer ?

Bien sûr que oui...

1

Samedi après-midi

Meg Dalton serra la poignée de freins et son vélo s'arrêta en dérapant sur le chemin de terre. Elle inspira profondément et sourit.

– Hmm, ça sent le printemps, dit-elle.

Le soleil filtrait à travers les branches qui se chargeaient de feuilles. Cerisiers et cornouillers étaient déjà en fleur, tapissant l'herbe du parc de Shadyside de pétales blancs et roses.

« C'est tellement joli, au mois de mai. On dirait un royaume enchanté », pensa Meg. Ses amis se moquaient d'elle quand elle disait ce genre de chose. Alors elle décida de garder cette réflexion pour elle.

Ses deux camarades la rejoignirent en pédalant nonchalamment.

– Hé, Meg, pourquoi tu t'arrêtes ? lui lança Tony.

– Continuons jusqu'à la rivière, suggéra Shannon, passant en roue libre devant Meg avant de faire demi-tour. Allez ! Je veux rouler un peu. Il faut que je brûle les kilos en trop que j'ai pris cet hiver.

Meg considéra son amie. Shannon n'avait aucun kilo en trop. Sa silhouette était parfaite. Avec ses cheveux cuivrés, ses yeux bleus et ses lèvres boudeuses, elle ressemblait trait pour trait à l'actrice Molly Ringwald.

– Il me faudrait un nouveau vélo, déclara Tony. Je n'ai plus de caoutchouc sur les pédales.

– Chut, l'interrompit Meg en pointant un parterre de fleurs roses et violettes juste devant. Regardez. Un colibri.

– On y va, ou quoi ? s'impatienta Shannon. Si j'avais su que ça tournerait à la sortie scolaire, j'aurais emporté mes cahiers.

Elle se leva de sa selle et s'éloigna en pédalant vigoureusement. Meg s'empressa de la rattraper.

– Attendez-moi ! protesta Tony. Si vous croyez que c'est facile, avec ces pédales qui me rentrent dans les pieds !

Dans le stade municipal se déroulait un match de base-ball ; ils reconnurent plusieurs de leurs camarades du lycée de Shadyside parmi les joueurs. Sur la pente herbeuse qui s'élevait au-delà du terrain, des petits groupes de personnes prenaient un bain de soleil, jouaient au Frisbee ou pique-niquaient.

« On dirait qu'ils sont tous sortis de leur cocon pour prendre du bon temps », constata intérieurement Meg. Sachant très bien, encore une fois, que ses amis la taquineraient si elle disait cela à voix haute.

Il y avait toujours quelqu'un pour se moquer d'elle à cause de sa candeur et de sa gaieté. Elle était petite et, à son grand regret, n'avait pas développé beaucoup de formes. Avec son visage poupin, ses cheveux courts et ses grands yeux bleus, on la prenait parfois pour une gamine – ce qui la rendait folle !

Un écureuil détala en travers du chemin et Meg dut faire un brusque écart pour l'éviter.

– Ça t'aurait rapporté cinq points ! lui lança Tony, quelques mètres derrière.

– Ce n'est pas drôle, Tony, lui cria Meg.

Elle pédala un peu plus fort pour revenir à la hauteur de Shannon.

– J'ai l'impression que Tony est de bonne humeur, aujourd'hui, fit observer Shannon, qui fixait le chemin.

– Il n'arrête pas de se plaindre de son vélo depuis qu'on est partis, rétorqua Meg dans un soupir.

Shannon sourit.

– Pour lui, j'appelle ça être de bonne humeur !

Meg eut un petit rire contraint. Shannon n'avait pas tort à propos de Tony. Il s'était montré grognon tout l'hiver. Il n'avait pas cessé de s'énerver pour un rien.

Au début, Meg avait cru que c'était sa faute. Peut-être Tony commençait-il à se lasser d'elle ? Ils étaient ensemble depuis plus de deux ans. Peut-être se montrait-il aussi irritable parce qu'il avait envie de la plaquer et ne savait pas comment s'y prendre. Chaque fois qu'elle abordait le sujet, pourtant, il prenait un air offensé et lui jurait que tout allait bien.

Le sol se ramollit à mesure qu'ils descendaient vers la rivière. Ils durent contourner plusieurs immenses flaques d'eau de pluie.

– Et toi et Dwayne, vous en êtes où ? demanda Meg à Shannon d'un ton malicieux.

C'était bien le seul point sur lequel elle pouvait charrier son amie.

– Ce tordu ? s'exclama Shannon, essoufflée d'avoir pédalé si vite. Il me suit partout comme un toutou, avec ses grands yeux tristes. Beurk. En plus il n'arrête pas de montrer ses muscles, avec ses T-shirts blancs moulants. Quel frimeur.

– Il faut dire qu'il s'entraîne beaucoup. Il a vraiment un corps super, reconnut Meg.

Shannon parut surprise. Cela ne ressemblait pas à Meg de parler comme ça.

– N'empêche que ça reste un taré. Il est toujours en train de traîner avec ton cousin Brian, à jouer à *Wizards & Dungeons* dans les bois. Oh... (Shannon rougit.) Je ne veux pas dire que ton cousin est un taré. Simplement...

– Ça va. C'est vrai que Brian est un peu bizarre, admit Meg en riant.

Il n'y avait pas grand-chose d'autre à ajouter. Elles continuèrent à rouler en silence pendant un moment. Puis Meg fut parcourue d'un frisson, moins à cause du vent que de ses réflexions. Cela faisait un an exactement, pensa-t-elle. Pile un an que Brian avait retrouvé Evan, le frère de Shannon.

L'année dernière, après une belle journée de printemps comme celle-ci, Brian avait découvert le corps d'Evan sans vie dans les bois de Fear Street.

Meg secoua la tête comme pour en chasser le souvenir.

« Au moins, Shannon a retrouvé le sourire, maintenant, se dit-elle. Elle peut de nouveau plaisanter et sortir à vélo dans le parc avec ses vieux amis. »

Mais l'hiver avait paru bien long.

Meg ralentit pour se laisser rattraper par Tony.

– Comment ça va, l'escargot ?

– Ma chaîne n'arrête pas de sauter, se plaignit-il.

Il ôta son sweat-shirt marron, sous lequel il portait un T-shirt gris, et le noua autour de sa taille. Malgré le vent froid qui soufflait au-dessus de la rivière, il était en nage.

– Il me faudrait un nouveau vélo, répéta-t-il en descendant de sa selle pour examiner son embrayage.

Meg adorait cette expression concentrée qu'il prenait chaque fois qu'il étudiait quelque chose de près, les sourcils froncés, le front plissé.

– Tu travailleras pour ton père dès que les cours seront finis, lui rappela-t-elle. Tu auras vite économisé de quoi t'en racheter un.

– Tu parles, marmonna-t-il en essuyant sur son jean ses mains couvertes de graisse. Avec ce qu'il me paie pour servir à la pompe, je pourrai à la limite m'offrir un ballon sauteur.

Il remonta en selle et s'éloigna.

Elle le suivit sur le sentier. Au bout d'une vaste étendue d'herbe et de roseaux s'écoulait la Conononka, brune et sinueuse. Son niveau était haut parce qu'il avait beaucoup neigé cette année. Meg fut surprise de voir Shannon au bout du chemin, en train de parler à deux autres cyclistes adolescents.

En s'approchant, elle reconnut Lisa Blume et Cory Brooks. Leur liaison faisait beaucoup rire, au lycée. Ils avaient grandi dans deux maisons voisines et étaient amis depuis toujours. L'hiver dernier, ils avaient commencé à sortir ensemble, et depuis ils n'arrêtaient pas de se disputer !

Tony et Meg roulèrent à leur rencontre.

– On allait rentrer, leur dit Cory. Il fait froid, au bord de la rivière.

– Vous faites quelque chose, ce soir ? demanda Shannon à Lisa.

– Je ne sais pas. Cory n'a rien prévu, répondit celle-ci avec ce demi-sourire pincé qu'elle arborait très souvent. Je crois qu'il a oublié qu'on avait un rencard.

– Je pensais qu'on pourrait juste traîner ensemble, se défendit Cory, gêné.

Il voulut passer son bras autour de la taille de Lisa, mais elle se déroba.

– Tony et moi ne faisons rien, dit Meg. Je dois rester à la maison pour bosser sur mon devoir de philo. J'ai pris tellement de retard que...

– Oh ! j'allais oublier la grande nouvelle ! l'interrompit Lisa. Devinez qui est de retour en ville ? Ellen Majors.

Shannon poussa une exclamation et se cramponna à son guidon.

– Désolée, s'excusa-t-elle. Mon vélo a glissé.

Elle avait pâli d'un coup.

– Elle va loger chez sa tante, ajouta Lisa.

Personne ne fit de commentaires.

Meg savait qu'ils pensaient tous à la même chose – à ce qui s'était passé l'année dernière, et au frère de Shannon.

Evan et Ellen Majors sortaient ensemble depuis le collège. Ellen, Meg et Shannon étaient inséparables depuis plus longtemps encore.

Puis Evan était mort, et leurs relations s'étaient distendues.

Ellen avait déménagé quelque temps plus tard. Et personne n'avait plus entendu parler d'elle. Jusqu'à aujourd'hui.

– Ce sera chouette de la revoir, dit Meg avec entrain, rompant le silence. Ça fait si longtemps !

– Oui, renchérit Lisa, tâchant de copier l'enthousiasme de Meg sans y parvenir tout à fait.

Ellen et elle n'avaient jamais été très proches.

Shannon ne dit rien. Elle contemplait la rivière d'un air absent.

– On devrait peut-être organiser une petite fête en son honneur ? suggéra Meg.

Elle pivota vers Tony, qui détourna les yeux.

– Oui, répondit Lisa du bout des lèvres.

– Pourquoi ? demanda vivement Shannon.

– Eh bien, euh... pour lui souhaiter la bienvenue, répondit Meg, surprise par la réaction de son amie. Pour lui montrer qu'on est contents de la revoir.

– Ce n'est pas ça qui ramènera Evan, marmonna Shannon, sans s'adresser à quelqu'un en particulier.

– Oui, mais ce serait une manière de prouver à Ellen qu'on ne la tient pas pour responsable, dit Meg.

Elle était la première étonnée par la bouffée d'émotion qu'elle ressentait. Elle n'avait pas mesuré à quel point Ellen lui avait manqué.

– Je suppose... concéda Shannon à contrecœur, d'une voix rendue presque inaudible par le vent.

– Je trouve que c'est une idée géniale, conclut Lisa en remontant sur son vélo. Pourquoi pas une fête surprise ? Vous connaissez Ellen. Si on la prévient, elle ne voudra jamais venir. Je veux bien vous aider à tout organiser. En fait, je vais commencer à en parler à tout le monde, et pas plus tard que tout de suite !

– Comptez sur moi, ajouta Cory.

Meg se tourna de nouveau vers Tony. Il fixait le sol.

– Tony... ça va ?

– Oui. Bien sûr.

– Que penses-tu de cette idée de fête ?

– Top. Je suis d'accord.

– Il faut qu'on y aille, s'excusa Lisa en donnant un premier coup de pédale. À plus tard !

Meg, Shannon et Tony regardèrent le couple s'éloigner sur le chemin et disparaître entre les arbres.

– Je crois qu'on ferait mieux de rentrer, nous aussi, lança Shannon.

Elle n'avait toujours pas repris des couleurs. Elle avait l'air vidée, à bout de forces.

– Mais ce n'est pas *possible* ! explosa Tony.

Les deux filles sursautèrent.

– Tony, qu'est-ce que... ?

– J'ai un pneu qui a crevé !

Il souleva son vélo dans les airs.

– Tony, arrête ! s'écria Meg.

Il fit mine de fracasser l'engin sur le sol, puis se ravisa et le reposa dans l'herbe en douceur.

– Tony, c'est juste un pneu. Tu n'as qu'à pousser ton vélo jusqu'à...

– Rentrez sans moi, grommela-t-il. Partez devant. Je vous retrouverai plus tard.

Voyant qu'il était sérieux, les filles remontèrent sur leurs bicyclettes et rebroussèrent chemin. En atteignant les arbres, elles l'entendirent donner un coup de pied dans le cadre métallique en pestant.

– C'est quoi, son problème ? demanda Shannon. Trop de viande crue au petit déjeuner ?

– Je ne sais pas, répondit Meg en soupirant. Des fois, il perd complètement les pédales – c'est le cas de le dire.

Elle aurait bien voulu avoir la réponse à la question de Shannon. Ce n'était quand même pas normal de s'énerver à ce point contre un vélo, si ?

***

Ce soir-là dans sa chambre, Meg essaya de se concentrer sur son devoir, mais ses pensées revenaient constamment à Ellen. Ellen, sa silhouette élancée et ses longs cheveux blonds. Tout le monde lui trouvait une ressemblance avec Daryl Hannah. Meg se demanda si elle avait toujours la même allure ou si elle avait changé.

Cette idée de fête surprise l'excitait beaucoup. Meg voyait déjà la stupéfaction qui se peindrait sur le visage de leur ancienne amie. Ce serait formidable de se retrouver !

Le téléphone sonna.

Elle décrocha, ravie de cette distraction.

– Allô, Meg ?

Un murmure, presque un grésillement, comme si le vent soufflait dans le combiné.

– Qui est-ce ? demanda-t-elle, gagnée par un mauvais pressentiment. Il y a de la friture sur la ligne.

– Quelqu'un qui te veut du bien.

Toujours le même murmure. Qui cela pouvait-il être ?

– Je te préviens. Oublie cette idée de fête pour Ellen.

– Hé, attendez une minute… ! s'écria Meg sur un ton indigné.

– C'est sérieux. Très sérieux. Pas de fête pour Ellen. Ne m'oblige pas à te montrer que je ne plaisante pas.

– Qui est à l'appareil ? Si c'est une blague, elle…

Elle entendit un déclic. Son interlocuteur avait raccroché.

Elle reposa le combiné. Sa chambre était parfaitement silencieuse. Mais elle entendait encore ces murmures menaçants, de plus en plus forts, au point qu'elle dut se boucher les oreilles pour les faire taire.

2

Samedi soir

Meg resta assise devant son bureau, à fixer son téléphone jusqu'à ce qu'il devienne flou. Que ressentait-elle ?

De la peur ? Non.

De la colère ? Oui, c'était ça. Elle se sentait en colère et insultée.

Celui qui l'avait appelée croyait-il vraiment pouvoir l'effrayer avec ces murmures rauques ?

Il avait dû voir trop de films d'horreur, décida-t-elle. *Halloween V. Le Retour de Freddy. Vendredi 13...* C'était ridicule. Dans tous ces films, les filles étaient soit des traîtresses soit des idiotes. Il suffisait d'un coup de fil anonyme pour leur faire perdre tous leurs moyens, leur flanquer une trouille bleue.

Eh bien, on était dans la vraie vie, pas dans un stupide film. Et la personne qui l'avait appelée la connaissait bien mal. Meg était peut-être petite avec une allure d'enfant. Elle n'avait pas l'air aussi mature que beaucoup d'élèves de Shadyside. Mais cela ne voulait pas dire qu'elle se laissait facilement intimider. Elle pouvait se montrer têtue comme une mule. Sa mère le lui disait souvent, d'ailleurs. Et Meg prenait cela comme un compliment.

Elle se rendit compte que son cœur battait à tout rompre. « D'accord, admit-elle, disons qu'il m'a peut-être un peu déstabilisée. »

Elle décrocha le combiné et composa le numéro de Tony. La ligne était occupée.

Mince. Avec qui pouvait-il être en train de bavarder ?

Elle avait besoin de parler à quelqu'un. Ses parents ? Non, ils prendraient ça au tragique. Ils voudraient probablement appeler la police, en feraient toute une histoire et lui interdiraient d'organiser sa fête.

Alors qu'il s'agissait probablement d'une mauvaise blague que lui avait faite quelqu'un du lycée.

Elle refit le numéro de Tony. Toujours occupé.

Elle raccrocha puis essaya d'appeler Lisa. Celle-ci répondit après la première sonnerie et demanda hargneusement :

– Où es-tu ?

– Hein ?

– Ce n'est pas Cory ?

– Non, c'est Meg.

– Oh. Pardon, Meg. Je croyais que c'était Cory. Il est en retard. Ça fait une heure que je poireaute.

– Désolée.

– Tu n'y es pour rien, s'empressa de dire Lisa. (Elle avait l'air vraiment fâchée.) J'essaie de rester positive. Il s'est peut-être simplement fait renverser par un camion.

– C'est ça... vois le bon côté des choses, répliqua Meg en riant.

– Qu'est-ce que tu fais, en ce moment ? Tu attends Tony ?

– Non. On ne se voit pas ce soir. Je suis censée travailler sur mon devoir de philo.

– Mais... ?

– Comment sais-tu qu'il y a un *mais* ?

– Je lis dans les pensées, expliqua Lisa.

– Mais je...

– Tu vois ? Qu'est-ce que je disais.

– Je viens de recevoir un appel anonyme.

– Vraiment ? (Lisa parut soudain plus intéressée.) C'était quoi ? Un haleteur ? J'en ai eu un, une fois. Je n'en revenais pas. C'était tellement répugnant.

– Non, plutôt un chuchoteur.

Meg commençait à regretter ce coup de téléphone. Lisa ne ferait que la charrier. Elle avait un tel penchant pour le sarcasme. Elle ne prenait jamais rien au sérieux.

– Et qu'a-t-il chuchoté exactement ? voulut savoir celle-ci. Des petits mots doux ?

– Non. Il m'a dit de ne pas faire de fête pour Ellen.

– Attends... Quoi ?

– Tu as bien entendu. Il m'a prévenue que je devais renoncer à la fête.

– Eh bien... qui connaît-on qui déteste les fêtes ?

– Je ne sais pas. Je n'ai pas reconnu la voix. La personne parlait trop bas. Je ne saurais même pas dire si c'était une fille ou un garçon.

– Je te parie que c'était Cory, dit Lisa. Il ferait n'importe quoi pour éviter d'être à l'heure.

C'était censé être drôle, mais Meg ne rit pas. Elle était un peu agacée de la façon dont Lisa prenait les choses.

– Ce n'était pas très rassurant, insista-t-elle. À combien de personnes as-tu parlé d'Ellen et de la fête ?

– Des tas ! répondit Lisa. Après notre discussion dans le parc, je suis passée au centre commercial. J'ai croisé plein de gens du lycée.

Et j'en ai encore appelé d'autres ce soir, pendant que j'attendais tu-sais-qui. Ah ! On sonne à la porte ! C'est probablement lui. Il faut que j'y aille. À plus, Meg.

Lisa raccrocha avant même que son amie puisse dire au revoir.

Meg ne put s'empêcher de sourire. Lisa n'arrêtait pas de se plaindre de Cory et se moquait de lui constamment. Mais au premier coup de sonnette, elle se précipitait pour lui ouvrir. Elle était folle de lui.

Sans s'en rendre compte, Meg avait de nouveau composé le numéro de Tony. Cette fois, il décrocha.

– Allô ?

– Tony, c'est moi.

– Oh. Salut.

Il avait l'air troublé, confus.

– Je viens de recevoir un appel trop bizarre. Quelqu'un m'a prévenue que j'avais intérêt à ne pas organiser de fête pour Ellen.

– Moi aussi ! s'exclama Tony.

– Quoi ?

– Oui ! À l'instant. Le type chuchotait. Enfin, je crois que c'était un type. Je n'en suis pas tout à fait sûr. Ç'aurait aussi bien pu être une fille.

– Et qu'est-ce qu'il t'a dit ?

– De ne pas vous aider à organiser la fête. Que, même si elle avait lieu, je ne serais pas en état d'y aller. Parce que je serais à l'hôpital.

– C'est quelqu'un qui nous fait une blague, non ?

– Je ne sais pas, Meg. Le type n'avait pas l'air de plaisanter.

– Oh, arrête, Tony. Tu crois que c'est du sérieux ?

Meg fut quelque peu déçue de la réaction de Tony. Elle aurait voulu entendre que ce n'était rien, qu'elle n'avait pas à s'inquiéter. Pourquoi semblait-il avoir plus peur qu'elle ?

– À ton avis, qui c'était, Meg ?

– Aucune idée. Quelqu'un du lycée. Quelqu'un qui est énervé parce qu'il n'a pas de plan pour ce soir.

– Peut-être bien. (Tony ne paraissait pas convaincu.) Sauf que je ne vois pas qui ferait un truc d'aussi mauvais goût. Et si... Et si...

– Si quoi, Tony ? s'impatienta Meg.

– Je ne sais pas. On devrait peut-être faire quelque chose. Tu vois, appeler la police, ou...

– Quoi ? Tu rigoles ! s'exclama Meg, furieuse. Je ne vais sûrement pas...

– Je me fais juste du souci pour toi, c'est tout, la coupa-t-il. Je n'ai pas envie qu'un dingo s'en prenne à toi à cause d'une fichue fête.

– Ce n'est pas une fichue fête, rétorqua Meg. C'est une fête pour Ellen. Ma meilleure amie. Et ce n'est pas un coup de téléphone anonyme qui va m'empêcher de faire ce que je veux.

Après un long silence, Tony dit :

– Oui. Tu as raison. J'imagine que ça m'a un peu perturbé.

– Désolée. Je ne voulais pas te crier dessus, s'excusa Meg en baissant la voix.

– Et si je passais te voir pour... te remonter le moral ? suggéra Tony.

Cela ressemblait plus à une supplication qu'à une proposition.

Meg rit.

– Non. Je ne devrais même pas être en train de bavarder. J'ai un devoir à rendre.

– Je dois prendre ça pour un *oui* ?

– Non. C'était un *non* franc et massif.

– Mais qui voulait dire *oui*, non ?

Meg s'esclaffa. C'était agréable d'entendre Tony plaisanter, flirter avec elle.

– Non, ça voulait vraiment dire *non*.

– Tu n'as vraiment pas besoin qu'on te remonte le moral, alors ?

– Non. N'insiste pas. J'ai du travail. Je...

– Et tu crois vraiment que tu arriveras à te concentrer ?

– Bien sûr que oui.

– Tu viens de dire oui ! Je t'ai entendue !

Meg rit de nouveau.

– J'ai dit non.

– Mais ça voulait dire oui ?

– Eh bien... peut-être.

– Peut-être ? N'en dis pas plus ! conclut joyeusement Tony. J'arrive.

– D'accord, capitula Meg, tout aussi joyeusement.

3

Lundi matin

Meg posa sa copie devant elle et jeta un coup d'œil circulaire sur la salle d'étude. D'où venait tout ce raffut dans le fond ? Oh, ce n'était que Cory Brooks et son ami David Metcalf, de l'équipe de gymnastique, en train de faire les clowns.

La salle d'étude était une grande pièce rectangulaire sans fenêtres, éclairée par une rangée de tubes au néon. Des tables s'alignaient sur toute la largeur, face au petit bureau de la surveillante. Ce bureau était vide pour l'instant. Mme Frankel arrivait toujours en retard, ce qui donnait le temps à Cory et à David d'effectuer leur petit numéro.

– Salut, dit Shannon, qui lui adressa un geste de la main avant de s'asseoir à sa place habituelle, derrière Meg.

– Salut, répondit celle-ci en fouillant dans son sac à la recherche des invitations qu'elle avait achetées.

– Foster ne veut pas comprendre qu'on est pratiquement en vacances, protesta Shannon. Il vient d'entamer un nouveau chapitre ce matin !

– Ça craint, marmonna Meg.

Elle ignorait de quoi voulait parler son amie. Elle savait simplement que Shannon détestait M. Foster, détestait le lycée, détestait travailler. Elle ne ratait jamais une occasion de se plaindre en arrivant dans la salle d'étude.

– Qu'en penses-tu ? demanda Meg en lui montrant un paquet d'invitations.

Elles étaient vert et rose fluo, avec les mots *VENEZ À NOTRE FÊTE SURPRISE* écrits à l'encre argentée.

– C'est quoi ? demanda Shannon, avant d'appliquer une couche de rouge foncé sur ses lèvres boudeuses.

– Les invitations. Pour la fête d'Ellen. Tu as un nouveau rouge à lèvres ?

– Oui. Je l'avais vu dans un magazine. Tu aimes ?

– C'est, euh... Ça change !

– Meg, es-tu bien sûre que cette fête soit une bonne idée ?

Shannon laissa tomber son tube de rouge dans son sac à main et fouilla dedans à la recherche d'un mouchoir en papier.

– Je ne sais pas. Oui, pourquoi pas ? Je me dis que ce serait bien de montrer à Ellen qu'on ne l'a pas oubliée. C'était notre meilleure amie, après tout. Et puis, elle est sortie avec Evan pendant si longtemps qu'elle faisait pratiquement partie de ta famille.

Meg regretta aussitôt ses paroles. Shannon lui adressa un regard amer, se tamponna les lèvres avec son mouchoir sans rien dire. Puis, une fois que Meg se fut retournée, elle dit :

– Comment peux-tu envoyer des invitations alors que tu ne sais même pas où la fête aura lieu ?

– J'ai eu une super idée pour ça, dit Meg. Tu sais que l'entreprise de mon père a été chargée de la rénovation du manoir Halsey ? Il est d'accord pour qu'on s'en serve si on promet de tout nettoyer à fond ensuite.

– Quoi, cette vieille bicoque dans les bois de Fear Street ? s'écria Shannon, surprise. Beurk. L'endroit est sinistre. Pourquoi veux-tu... ?

– La maison a été entièrement restaurée. L'intérieur est flambant neuf. C'est l'endroit parfait pour organiser une fête. Et puis, ça veut dire qu'on n'aura pas d'adultes sur le dos.

Shannon convint qu'une fête sans adultes avait du bon. Elle était moins convaincue par le choix du lieu – Fear Street –, mais l'arrivée de Mme Frankel mit un terme à leur discussion. La surveillante leur ordonna de se taire et de se mettre au travail.

Meg se retourna vers l'avant de la salle et ouvrit son paquet d'invitations. Elle commença à rédiger la première. L'évocation d'Ellen faisait remonter un flot de souvenirs dans sa mémoire. Elles avaient passé d'excellents moments ensemble. Elles avaient partagé de nombreuses choses depuis leur rencontre en primaire.

Sauf que désormais, quand elle pensait à Ellen, la tragédie de l'année dernière lui revenait immanquablement en mémoire. Ellen et Evan semblaient tellement amoureux, alors ! Et puis Evan était mort et, d'un seul coup, tout avait changé.

Bien sûr, Evan pouvait parfois se montrer imprévisible. Il était souvent têtu, impulsif, s'attirait toutes sortes d'ennuis. Mais il était aussi adorable, plein d'entrain... plein de vie.

Pendant longtemps, ils avaient eu beaucoup de mal à accepter sa disparition.

C'était encore difficile aujourd'hui.

Meg regarda autour d'elle. Quasiment toutes les personnes impliquées dans cet accident tragique, quasiment toutes les personnes qui avaient connu Evan, se trouvaient dans cette salle.

Elle examina leurs visages l'un après l'autre. Il y avait d'abord Shannon, sa sœur. La mort d'Evan lui avait porté un rude coup. Elle qui avait toujours été si enthousiaste à propos de tout, pleine d'allant, toujours prête à s'amuser, s'était recroquevillée sur elle-même. Elle voyait moins souvent ses amis. Comme si elle avait voulu se protéger, se couper des autres, pour ne plus souffrir autant en cas de nouvelle perte.

Puis il y avait Tony, assis dans le fond, en train d'écrire avec application dans son cahier. Evan et lui étaient de grands amis. Tony avait admiré Evan pour sa désinvolture, sa façon de se moquer de ce qu'on pouvait penser de lui et de faire ce qui lui plaisait quand ça lui plaisait. Il aurait bien voulu lui ressembler. Sauf qu'il était trop complexé pour cela, trop conscient d'être un enfant de pauvres dans un lycée où la plupart de ses camarades venaient d'une famille aisée, trop désireux de s'intégrer.

Tony avait essayé de jouer les durs quand il avait appris la mort d'Evan. Mais à l'enterrement, il avait craqué et éclaté en sanglots. Depuis, il était constamment d'humeur maussade.

De l'autre côté de la salle, Meg vit son cousin Brian. Avec ses cheveux blonds ondulés, ses yeux bleus et son sourire qui creusait ses fossettes, il avait tout du gamin innocent. Elle savait cependant qu'il n'était pas aussi insouciant qu'il en avait l'air. C'était quelqu'un d'un peu étrange et solitaire.

Il n'était pas en train d'étudier. À cet instant, il lisait un exemplaire du magazine *Dragon*. Il passait le plus clair de son temps à jouer à *Wizards & Dungeons*, à traîner avec son ami Dwayne, et à parler de guerriers, de niveaux, de magiciens et d'autres bêtises de ce genre qui n'avaient pas le moindre intérêt pour Meg.

Brian et Evan n'avaient jamais été vraiment amis. Mais Brian se trouvait dans les bois de Fear Street en cette nuit funeste. Alerté par la détonation, il avait accouru. Et il avait trouvé Evan gisant sur le sol, mort, Ellen assise à côté de lui en train de pleurer, incapable de dire un mot, incapable de fournir une explication.

Que faisait Brian seul dans les bois de Fear Street ? Personne n'en savait rien. Et il avait changé, lui aussi, après la mort d'Evan. Il avait paru s'impliquer encore plus dans son fichu jeu de rôles. Ses notes, jusque-là excellentes, avaient commencé à baisser. Ses parents se tracassaient pour lui. Mais ils se sentaient impuissants. Ils ne savaient pas quoi faire pour l'aider.

« Un seul mort, se dit Ellen. Un seul garçon qui meurt dans les bois, et tant de vies s'en trouvent affectées. »

Pour qui était-elle le plus désolée finalement ? Probablement pour Ellen. La pauvre. Elle devait tellement s'en vouloir. Si seulement elle avait réussi à détourner Evan de son projet stupide.

À ce qu'on racontait, il avait prévu de passer la nuit dans les bois de Fear Street pour relever un défi. Qui le lui avait lancé ? Il n'avait pas voulu le dire à Ellen. « Ce sera excitant », lui avait-il simplement expliqué. Il avait emporté le fusil de chasse de son père – à tout hasard – et s'était mis en route pour Fear Street. Elle l'avait supplié de laisser l'arme à la maison. Mais il avait refusé.

Elle était rentrée chez elle, puis, rongée par l'inquiétude, elle s'était rendue dans les bois pour essayer de le retrouver. Elle avait entendu un coup de feu, le coup fatal, celui qui avait transformé leurs vies à tous. Elle avait alors marché dans sa direction jusqu'à tomber sur Evan, face contre terre, sa chaussure gauche retenue par une racine.

Il était déjà mort. Il avait dû trébucher sur la racine et tomber sur son fusil. Le coup était sans doute parti tout seul.

Quelques minutes plus tard, Brian était arrivé à son tour et les avait découverts. Très choqué lui aussi, il avait tout de même reconduit Ellen hors des bois, loin de Fear Street.

Un accident tragique. Ellen n'avait jamais vraiment réussi à en parler avec qui que ce soit. Sa famille avait déménagé quelques mois plus tard. Et personne n'avait plus entendu parler d'elle – jusqu'à maintenant.

Peut-être pourraient-ils tous redevenir amis comme avant, se dit Meg avec son optimisme habituel.

– Meg ? Meg Dalton ! Meg ! fit une voix, interrompant le cours de ses pensées.

Elle leva la tête. Mme Frankel la fixait.

– Meg, vous devez être en train de lire un chapitre tout à fait passionnant. Ça fait cinq minutes que je vous appelle.

Meg se sentit rougir.

– Désolée.

– Il y a un message pour vous au secrétariat. Je vais vous donner un bon de sortie.

Meg laissa ses invitations sur la table et, les joues toujours en feu, quitta sa place pour aller chercher son bon. Qui avait pu lui laisser un message ? Ses parents ? Quelqu'un était-il malade, ou quelque chose comme ça ?

Elle attrapa le papier que lui tendait Mme Frankel et sortit dans le couloir.

– Tiens, salut, Meg. Où vas-tu ? Tu es au courant que Gary a plaqué Krista ?

C'était Lisa, assise derrière son bureau de surveillante de couloir.

– Désolée, Lisa, s'excusa Meg. On en reparle plus tard ? Je suis un peu pressée, là.

Lisa sembla surprise qu'elle ne prenne pas le temps de se tenir informée des derniers ragots, mais Meg partit d'un pas vif en direction du secrétariat.

Quand elle poussa la porte, hors d'haleine, elle ne vit personne à l'accueil.

– Il y a quelqu'un ? lança-t-elle.

Pas de réponse. Finalement, Mlle Markins, la secrétaire, émergea de la pièce du fond. Elle parut étonnée de la voir.

– On m'a dit qu'il y avait un message pour moi, expliqua Meg.

Mlle Markins fit la moue et secoua la tête. Elle consulta rapidement une pile de messages roses posés sur son bureau.

– Non. Pas pour vous, Meg.

– Vous en êtes certaine ? insista cette dernière. On vient de me le dire.

Mlle Markins eut l'air agacée qu'on mette sa parole en doute mais voulut bien vérifier de nouveau.

– Désolée. Il a dû y avoir un malentendu.

– Un malentendu. Oui, je suppose. Merci, dit Meg.

Elle tourna les talons et quitta le secrétariat. En un sens, elle était soulagée. Ce genre de message, c'était rarement de bonnes nouvelles. Mais pourquoi l'avoir envoyée au secrétariat pour rien ?

Au retour, elle prit quelques minutes pour discuter avec Lisa. Inutile de se dépêcher de retourner en salle d'étude. Elle n'était pas d'humeur à réviser, de toute façon. Et elle pourrait toujours remplir ses invitations après le lycée.

– Que fais-tu après les cours ? demanda-t-elle à Lisa. Tu veux passer chez moi pour qu'on remplisse les cartes ensemble ?

– Impossible, déclina Lisa tout en s'amusant à faire tournoyer un crayon vers le plafond avant de le rattraper. On a une réunion au *Spectator*. On doit décider du contenu du prochain numéro. Tout le monde l'attend avec impatience, pas vrai ?

Lisa était rédactrice en chef adjointe du journal du lycée.

– Cela dit, j'aimerais beaucoup t'aider pour la fête, s'empressa-t-elle d'ajouter. Ellen et moi n'étions pas très proches, mais je l'ai toujours bien aimée.

Elles discutèrent encore un moment. Puis Meg repartit travailler. « Lisa est tellement marrante, pensa-t-elle. J'adore son sens de l'humour. » Meg appréciait aussi son allure distinguée. « J'aimerais tant lui ressembler, se dit-elle, au lieu d'avoir cette bouille de bébé. »

Elle reposa son bon de sortie sur le bureau de Mme Frankel, laquelle ne leva même pas la tête. Meg retourna s'asseoir. Elle observa brièvement les élèves autour d'elle, consulta sa montre, puis baissa les yeux sur sa table.

Oh !

Les invitations à la fête.

Quelqu'un les avait découpées en confettis.

Qui avait pu faire ça ?

Meg pivota sur son siège en direction de Shannon. Son amie était penchée sur un livre.

– Hé...

Shannon la regarda et referma son livre, marquant sa page avec un doigt.

– As-tu vu si quelqu'un s'est approché de ma table ?

– Non, murmura Shannon, l'œil rivé sur Mme Frankel au fond de la pièce. J'étais sortie. Je suis passée prendre ce bouquin à la bibliothèque.

Meg la dévisagea longuement. Elle se sentait coupable de soupçonner son amie. Shannon avait beau ne pas être emballée par cette idée de fête pour Ellen, elle ne ferait jamais une chose pareille – si ?

Elle commença à montrer à Shannon ses invitations sabotées, puis repensa à cet étrange coup de téléphone qu'elle avait reçu le samedi soir.

La personne qui l'avait appelée se trouvait-elle dans la salle d'étude en ce moment ? Était-ce Shannon ?

Non. Bien sûr que non. C'était ridicule.

Qui cela pouvait-il bien être ?

Elle ramassa les confettis et les fit tomber dans son sac. Puis elle prit son stylo. Il restait dix minutes avant la fin de l'étude. Autant dresser la liste des choses qu'elle allait devoir acheter pour la fête.

Quelqu'un émit un bâillement sonore près de la porte du fond, et tout le monde rit. Meg ouvrit son calepin. *Choses à acheter*, écrivit-elle sur une page vierge.

– Meg, venez me voir, s'il vous plaît, l'appela Mme Frankel.

Qu'y avait-il, encore ?

Elle referma son calepin et s'avança jusqu'au bureau de la surveillante.

– Apparemment vous avez un autre message au secrétariat, lui annonça cette dernière d'un air perplexe.

– Vous en êtes sûre ?

– Je ne suis plus sûre de rien, ici, répondit sèchement Mme Frankel. Mais vous feriez mieux d'aller voir.

Meg ressortit de la salle et passa devant Lisa avec un haussement d'épaules, comme pour lui dire : « Moi non plus, je ne sais pas ce que je fais encore là. »

« Ils ont peut-être retrouvé mon premier message », pensa-t-elle. Effectivement, lorsqu'elle arriva au secrétariat, Mlle Markins avait une enveloppe blanche pour elle.

– Je suppose qu'on l'a laissée pour vous, dit-elle. Je l'ai trouvée comme ça sur le comptoir. Je n'ai pas vu qui l'a déposée.

Meg la remercia et emporta son enveloppe dans le couloir. Elle déchira le rabat puis en sortit une feuille de papier, qu'elle déplia.

Quelques mots s'y trouvaient inscrits au crayon rouge, en majuscules. Elle les relut trois fois.

MEG, JE TE SURVEILLE.
RENONCE À CETTE FÊTE.
JE NE VEUX PAS TE FAIRE DE MAL
– MAIS JE N'HÉSITERAI PAS
SI TU M'Y OBLIGES.

4

Plus tard, lundi après-midi

– Hé, Shannon, attends-moi ! Il faut que je te dise un truc !

Shannon se retourna dans le couloir bondé, son gros sac sur l'épaule.

– Je ne peux pas. Je suis en retard. J'ai rendez-vous chez le dentiste.

Meg se fraya un chemin entre plusieurs élèves en train de s'esclaffer et courut rejoindre son amie. La cloche avait sonné avant son retour en étude. Elle chercha Tony. Elle aurait voulu lui montrer le message de menace qu'elle avait reçu. Mais elle ne le trouva ni dans la salle ni dans le couloir.

– Attends-moi, quoi !

– Je n'ai pas le temps. Désolée. Appelle-moi ce soir, d'accord ?

Shannon tourna les talons et disparut.

– Hé, tu n'aurais pas vu Shannon ?

C'était Dwayne Colligan. Il dressa sa silhouette imposante au-dessus de Meg. Elle ne voyait de lui que son T-shirt tendu à craquer sur son torse musclé.

« Il est tellement costaud qu'on dirait un adulte », pensa Meg. Peut-être avait-il redoublé cinq ou six fois ? À force de soulever de la fonte au lieu de faire ses devoirs...

– Tu l'as ratée de peu, répondit-elle froidement.

Elle n'appréciait pas Dwayne, et encore moins l'idée qu'il puisse se mettre avec Shannon. Il n'était pas assez bien pour elle. Heureusement, l'intéressée était du même avis. Meg n'aimait pas non plus que Dwayne soit toujours à traîner en compagnie de son cousin Brian, mais elle ne voyait pas ce qu'elle aurait pu faire contre ça.

– Si tu la vois, dis-lui que j'ai quelque chose pour elle ! lui cria Dwayne pour couvrir le brouhaha du couloir.

– Ah bon, quoi ? demanda Meg.

En guise de réponse, il lui adressa un clin d'œil et un sourire salace, avant de s'éloigner en riant comme s'il venait de faire une bonne blague.

« Beurk, pensa Meg. Quel gros porc. Il va vraiment falloir que Shannon se décide à l'envoyer promener une bonne fois pour toutes. »

Après avoir récupéré ses affaires, elle se dirigea vers son casier, au premier étage.

– Ah, Tony, tu es là.

Il se tenait devant son propre casier, une main en appui contre le mur, en train de lire un petit papier. Quand il releva la tête, elle remarqua son expression troublée.

– Oh, c'est toi, Meg. Oui.

Il baissa les yeux sur ce qu'il lisait.

Elle lâcha son sac sur le sol et lui prit le papier des doigts. C'était encore un message écrit au crayon rouge en majuscules.

– Tu en as reçu un, toi aussi ? s'exclama-t-elle.

Elle s'accroupit devant son sac et y prit le sien pour le lui montrer.

Celui de Tony disait :

TONY, DANS TON PROPRE INTÉRÊT,
TROUVE UN MOYEN
D'EMPÊCHER CETTE FÊTE.
QUELQU'UN QUI TE VEUT DU BIEN.

– C'était dans mon casier, expliqua-t-il.

Il lut rapidement le message de Meg, puis le lui rendit. Il semblait un peu ébranlé.

– Ça peut venir de qui, à ton avis ? C'est forcément quelqu'un qui nous connaît. Qui sait où nous trouver, et où sont nos casiers.

– Je n'en sais rien, avoua Meg en secouant la tête.

– Tu crois toujours qu'il s'agit d'une blague ?

Il récupéra son message et le froissa dans son poing.

– Non, j'imagine que non. Mais qui peut être opposé à cette fête ? Il faut vraiment être désespéré pour recourir à des méthodes pareilles.

Tony haussa les épaules. Il sortit de son casier un sweat-shirt marron qu'il enfila.

– On ne sait pas à quel point ce type est dingue, dit-il en se lissant les cheveux.

– Comment ça ?

– Je veux dire qu'on ignore jusqu'où il serait prêt à aller. Tu ne crois pas qu'il faudrait prendre ces menaces au sérieux ?

Elle fixa Tony avec des yeux ronds.

– C'est ridicule, murmura-t-elle.

À présent, pourtant, elle n'en était plus aussi sûre. Au début, elle n'avait pas éprouvé la moindre peur. Seulement de la colère. Mais devant l'attitude terrifiée de Tony, elle commençait à s'interroger, elle aussi.

– Je n'ai pas envie de le découvrir à mes dépens, dit-il en fuyant son regard.

– Et donc... ?

– Je pense qu'on devrait abandonner notre idée. On peut tout à fait revoir Ellen et passer de bons moments avec elle sans avoir besoin d'une grande fête surprise avec une centaine de personnes... non ?

– Ce n'est pas la question, rétorqua sèchement Meg. On ne va pas se laisser intimider par ce taré – quel qu'il soit. Si on a envie d'organiser une fête, on organise une fête. On vit dans un pays libre, quand même !

– N'empêche que quelqu'un a l'air drôlement décidé à nous en empêcher, insista Tony.

Il se mit à faire passer sa boule de papier froissé d'une main à l'autre.

– Je m'en fiche, dit Meg, énervée. Je m'en fiche complètement ! On fera cette fête, un point c'est tout. On va découvrir qui s'amuse à nous faire peur et on s'occupera de lui !

– Meg, s'il te plaît... (Il lui saisit l'épaule, d'abord avec rudesse, puis plus doucement.) Je crois qu'on devrait s'accorder tous les deux un délai de réflexion avant de prendre une décision.

– Non. C'est tout décidé, répliqua-t-elle d'un air buté.

Elle se dégagea. Elle trouvait agaçant que Tony soit prêt à renoncer si facilement. Avait-il peur pour elle, ou pour lui ? se demanda-t-elle.

En tout cas, il avait peur.

Puis une autre idée lui vint. Qu'en était-il de Shannon ? Avait-elle reçu un message, elle aussi, ou un coup de téléphone ?

Non.

Elle en aurait parlé, sinon.

Shannon n'était pas moins impliquée que Meg et Tony dans cette fête, après tout. Pourquoi ne la menaçait-on pas, elle ?

– Quelqu'un a découpé mes invitations, informa-t-elle Tony.

– Quoi ?

– Je les avais sorties en salle d'étude. On m'a appelée au secrétariat, et à mon retour, quelqu'un en avait fait des confettis.

– Shannon n'était pas assise juste derrière toi ?

– Si. Mais elle m'a dit qu'elle était allée à la bibliothèque. Elle n'a pas vu qui a fait ça.

– Curieux, fit-il, pensif. Je ne me souviens pas de l'avoir vue quitter la salle.

– Ah bon ?

– Non. Je suis resté là tout le temps. Et je suis presque sûr de ce que je dis.

– Eh bien, c'est bizarre, reconnut Meg en s'adossant à son casier. Tu ne crois quand même pas qu'elle aurait... ?

– Je ne sais pas. Elle n'avait pas l'air très emballée par cette idée de fête, n'est-ce pas ? Mais bon, ça m'étonnerait que...

– Non. Ça ne peut pas être elle. C'est ma meilleure amie.

Meg reprit son message et le relut. Les majuscules avaient-elles pour but de masquer une écriture féminine ? Hmm... peut-être. Difficile à dire.

Un frisson lui chatouilla la nuque. Meg eut soudain la sensation d'être observée. Elle leva les yeux de son papier.

Oui. Quelqu'un les regardait de l'autre côté du couloir.

C'était son cousin Brian. Il avait une drôle d'expression. Depuis combien de temps était-il là ? Pourquoi donnait-il l'impression de les espionner, Tony et elle ?

– Brian ? lui lança-t-elle.

Il sursauta, comme s'il ne s'attendait pas à ce qu'on le remarque.

Tony fit un pas dans sa direction.

Et Brian tourna les talons puis s'enfuit.

5

Lundi soir

– Ça va, Meg ? Qu'es-tu en train de faire ?

– Je travaille, maman ! cria Meg. J'ai encore mon devoir de philo à finir.

– Je croyais que tu l'avais rendu il y a plusieurs jours, s'étonna Mme Dalton depuis l'escalier.

– Non. Je... Pas encore. J'ai eu d'autres trucs à faire entre-temps.

– Eh bien, au boulot, alors !

– Merci, maman, super conseil. Sauf que je ne risque pas d'avancer beaucoup si je passe toute la soirée à discuter avec toi.

– Oh, pardon. Qu'est-ce que tu peux être susceptible, en ce moment !

– Maman, s'il te plaît... laisse-moi tranquille.

Silence.

Elle entendit sa mère redescendre l'escalier.

Meg se pencha de nouveau sur son calepin. Elle n'était pas du tout en train de travailler. En haut de la page, elle avait écrit : *LISTE DES SUSPECTS*.

Elle commença à écrire le chiffre *1*, mais la pointe de son crayon se cassa. Elle le jeta à l'autre bout de sa chambre et en prit un autre. Puis elle écrivit un gros *1* et, à côté, le nom *Brian*.

En dessous de Brian, elle écrivit : *POURQUOI ?*

a) parce qu'il nous regardait bizarrement, Tony et moi ;

b) parce qu'il s'est enfui quand il s'est rendu compte qu'on l'avait vu ;

c) ?

Elle suçota la gomme de son crayon. Pourquoi ? Oui, pourquoi Brian voudrait-il les dissuader d'organiser une fête pour Ellen ?

Elle fouilla dans sa mémoire à la recherche d'un début d'explication. Brian et Ellen... Non. Elle avait beau chercher, rien ne lui venait.

Ils se connaissaient à peine, n'avaient jamais été amis. Brian n'avait aucune raison de détester Ellen, ou même simplement de ne pas l'aimer.

C'était lui qui l'avait trouvée dans les bois de Fear Street, quand Evan s'était tué avec son propre fusil. Il l'avait trouvée en pleurs, hébétée...

Evan.

Ellen et Evan.

Se pouvait-il que la mort d'Evan ait un rapport avec tout cela ?

Meg sortit son crayon de sa bouche et écrivit : *QUESTION : Y A-T-IL QUELQU'UN QUI POURRAIT EN VOULOIR À ELLEN À CAUSE D'EVAN ?*

Puis elle ajouta un deuxième nom à sa liste des suspects : *Shannon.*

Et en dessous de *Shannon* : *POURQUOI ?*

a) parce que Evan était son frère. Elle tient peut-être Ellen pour responsable de ce qui s'est passé ;

b) parce qu'elle était en salle d'étude quand on a découpé mes invitations ;

c) parce qu'elle était contre cette idée de fête depuis le début ;

d) parce qu'elle n'est plus la même depuis la mort d'Evan.

Elle raya la ligne d), plusieurs fois. Ce n'était pas juste, se dit-elle. Aucun d'eux n'était plus le même depuis la mort d'Evan.

« Shannon est ma meilleure amie, se rappela-t-elle en tapotant sur son bureau avec la pointe de son crayon. Elle n'essaierait pas de me faire peur, quand même ? Elle n'aurait pas recours à ces trucs débiles de films d'horreur.

Si ? »

Shannon se montrerait-elle franche avec elle au sujet de la fête, ou à propos d'Ellen ?

– En fait, je ne sais pas, dit Meg, sans avoir conscience qu'elle parlait à voix haute.

Elle décida de conserver Shannon sur la liste des suspects.

Et à part elle, qui d'autre ?

– Meg, comment ça avance, ton devoir ?

Oh, non. Voilà que sa mère revenait à l'assaut.

– Bien, maman... jusqu'à ce que tu m'interrompes, cria-t-elle. Tu m'as fait perdre le fil !

– Ça va aller, ma chérie. Tu as l'habitude de travailler sans *fil*et !

Sa mère s'esclaffa bruyamment. Elle riait toujours à ses propres blagues, si lamentables soient-elles.

– Merci, maman, ça m'aide beaucoup !

Elle entendit sa mère redescendre en gloussant. Son regard tomba sur son calepin. Elle fut surprise de constater que, sans même s'en rendre compte, elle avait inscrit un nom après le chiffre *3* : *Ellen.*

Pourquoi Ellen faisait-elle partie des suspects ?

a) parce qu'une personne du lycée a très bien pu l'appeler pour lui parler de la fête ;

b) parce que Ellen n'a jamais aimé les fêtes ;

c) parce qu'elle n'a jamais appelé ni écrit à ses vieilles amies. Peut-être qu'elle n'a plus envie de nous voir ;

d) parce qu'elle n'a jamais expliqué à personne pourquoi sa famille avait quitté Shadyside.

Oui, Ellen devait être considérée comme suspecte, songea Meg. Mais comment leur aurait-elle fait parvenir les messages au crayon rouge, à Tony et à elle ?

Par le biais d'un ami. Quelqu'un du lycée qui aurait accepté de l'aider.

Ce qui voulait dire qu'il y avait peut-être *deux* personnes derrière ces menaces.

Meg écrivit le chiffre *4*. Y avait-il un quatrième suspect ? Qui était au courant pour la fête, connaissait Meg et Tony et avait une bonne raison de vouloir s'opposer à leur projet ?

Elle ne voyait pas. Alors elle inscrivit le nom *Dwayne*.

Pourquoi lui ?

– Parce que je ne l'aime pas, dit-elle tout haut.

Le téléphone se mit à sonner.

Elle le contempla, rechignant à décrocher. « Et si je le laissais sonner ? »

Mais elle savait bien qu'elle en serait incapable. Lorsqu'elle entendait la sonnerie d'un téléphone, elle répondait toujours, même si ce n'était pas le sien. Elle ne pouvait pas s'en empêcher.

Elle le laissa encore sonner une fois, inspira profondément, puis saisit le combiné.

– Allô ?

– Salut, Meg.

– Tony ?

– Ça va ? Je veux dire, tout va bien ?

– Tony, qu'est-ce qui t'arrive ? Tu as une drôle de voix.

– Je... je me faisais juste du souci pour toi. Je... euh... Je crois qu'on m'a suivi ce soir.

– On t'a suivi ? Où ça ?

– Jusque chez moi. J'étais à la station-service de mon père, tu vois, pour lui donner un coup de main. Comme c'est lui qui avait la voiture, je suis rentré à pied. C'était bizarre. J'avais l'impression de voir des ombres du coin de l'œil. Sauf que quand je me retournais, il n'y avait personne.

– Et alors ?

– Et alors j'ai entendu des pas derrière moi. Donc je me suis mis à courir. Et les pas ont accéléré au même rythme.

– As-tu pu voir si c'était un garçon ou une fille ?

— Non, il faisait trop noir. Et celui ou celle qui me suivait est resté à bonne distance.

— Es-tu certain qu'il y avait vraiment quelqu'un ?

— Bien sûr, riposta-t-il hargneusement. Je ne suis pas totalement cinglé, bon sang !

— Pardon, Tony. Ne te mets pas en colère. Je voulais juste savoir...

— Écoute, Meg, ça devient de plus en plus inquiétant. Je crois que la personne qui est derrière tout ça ne plaisante pas.

— Tu n'as vraiment rien vu ? Même pas une silhouette ?

— Non.

— Donc tu ne sais pas si cette personne était grande ou petite ?

— Aucune idée. J'ai couru. Je n'avais qu'une idée en tête : rentrer chez moi. Lâche-moi un peu, d'accord ?

— Pardon. Ne crie pas, s'il te plaît.

— Je t'ai appelée tout de suite. Je me disais que tu avais peut-être eu des problèmes, toi aussi, qu'on t'avait peut-être suivie, ou, je ne sais quoi.

— Non, je vais bien. Je t'assure.

— Cette fête, Meg... Je commence sérieusement à avoir des doutes.

— Comment ça ?

– Je veux dire, est-ce que ça vaut vraiment le coup ?

– Sauf que maintenant, c'est devenu une question de principe, répondit Meg.

– Une question de principe ? Arrête. Oublie un peu tes principes, Meg. On m'a suivi. J'ai réellement peur, tu sais ? Je n'ai pas l'intention de risquer ma vie pour une fichue fête...

– Réfléchis cinq minutes ! s'écria-t-elle avec impatience. Ce n'est pas uniquement une histoire de fête. Si quelqu'un tient à ce point à l'empêcher, c'est qu'il y a autre chose derrière. Je ne sais pas ce qui se passe, Tony. Mais il faut qu'on le découvre.

– Au fond, ça t'amuse, tout ça, hein ? demanda-t-il avec amertume. Tu te prends pour une détective, tu trouves ça excitant.

– C'est vrai, reconnut Meg. Mais il y a aussi le fait que je refuse de me laisser intimider par...

– J'en ai marre, j'arrête, l'interrompit Tony.

– Hein ?

– Tu as très bien entendu. J'arrête.

– Tu arrêtes quoi ?

– Tout. La fête. Toi et moi.

Elle eut la sensation que ces mots lui brûlaient l'oreille. La brûlure se répandit bientôt dans sa poitrine. C'était tellement... inattendu.

– Tu es sérieux ?

– Salut, dit-il tout bas, avant de raccrocher.

Meg raccrocha elle aussi d'un geste rageur. « Il ne pensait pas ce qu'il disait, forcément. Il ne peut pas avoir envie de me larguer pour un truc aussi bête.

Si ? »

Il avait paru bien effrayé, quand même. Meg se demanda si elle avait peur, elle aussi. Non, décida-t-elle. Absolument pas. Elle était trop en colère pour avoir peur. Elle n'avait aucune intention de renoncer à la fête. Et encore moins à Tony.

– Je vais trouver qui manigance tout ça, et pourquoi, se promit-elle à voix haute.

Elle décrocha le combiné et commença à composer le numéro de Tony. Puis elle se ravisa.

– Je vais lui donner un jour ou deux pour se calmer. Et après, je lui ferai des excuses.

Elle refusait de croire qu'il avait rompu avec elle. Elle refusait de l'accepter. Hors de question. Elle se rendit compte qu'elle se mordillait si fort la lèvre inférieure qu'elle s'était fait saigner.

Comment réussir à se concentrer sur son devoir de philo, maintenant ? Impossible. Elle allait devoir le remettre au lendemain. Mais que faire, en attendant ?

Elle baissa les yeux sur son calepin. Numéro *3* : *Ellen.*

Cela l'ennuyait de voir Ellen parmi les suspects. Cette fête lui était destinée, après tout. Toute cette histoire, c'était pour elle. Ce serait beaucoup plus facile si elle pouvait la rayer de la liste.

« Je vais l'appeler. »

L'idée s'imposa à elle, comme surgie de nulle part.

« Je vais l'appeler pour lui dire que je suis très contente qu'elle vienne nous voir. »

Elle sentit sa gorge se contracter. La peur lui noua l'estomac. « Détends-toi. Ça va bien se passer. C'est Ellen, quand même. On était les meilleures amies du monde. »

Elle décrocha le téléphone et appela les renseignements. Elle s'aperçut qu'elle avait les doigts gelés. Il ne lui fallut pas longtemps pour obtenir le numéro de son amie.

« J'aurais dû l'appeler plus tôt, se reprocha-t-elle. Au lieu d'attendre pendant des mois qu'elle se décide à le faire. »

Elle tapa l'indicatif de l'État puis le numéro. Une sonnerie, deux. Ellen décrocha à la troisième.

– Allô ?

– Ellen ? C'est Meg.

– Meg ? J'y crois pas ! Salut ! s'exclama-t-elle.

Elle paraissait ravie de l'entendre. Meg poussa un soupir de soulagement. Elle se sentit tout de suite beaucoup mieux.

– Alors, comment vas-tu ?

– Bien. Très bien ! Comment vas-tu, *toi* ?

– Ça va. Je n'ai pas à me plaindre, répondit Meg. Ça me fait drôle d'entendre ta voix. Ça faisait si longtemps.

– Je sais, reconnut Ellen en prenant un ton coupable. J'ai souvent pensé à t'écrire, tu sais. Mais j'ai eu tellement de choses à faire...

– Comment ça se passe, dans ton nouveau lycée ?

– Oh, ça roule. Ça me change de Shadyside, évidemment. Je te raconterai quand je te verrai. Parce que tu sais que je reviens bientôt ?

– Oui. C'est pour ça que je t'appelle. Je voulais te dire que je suis très contente. Je...

– C'est ma tante Amy qui m'héberge. J'espère qu'on aura plein de temps pour se voir.

– Moi aussi, Ellen. Tu m'as vraiment manqué, bredouilla Meg.

Elle n'avait pas eu l'intention de se montrer aussi sentimentale. C'était sorti tout seul. C'était tellement agréable, de reparler à sa vieille amie, tellement facile, comme si rien n'avait changé.

– Tu m'as manqué toi aussi.

– Tu voudras faire quelque chose de spécial, ou voir quelqu'un en particulier, ou bien... je ne sais pas... ? demanda Meg.

– Non, pas vraiment. Comment va Tony ?

– Bien, bien. Tu sais... toujours le même.

– Vous êtes toujours ensemble ?

– Oui.

Enfin, c'était encore vrai deux minutes plus tôt. À quoi bon toutefois entrer dans les détails ?

– Je suis si contente que tu m'aies appelée, Meg. J'ai hâte de te revoir.

– Pareil.

Elles continuèrent à bavarder ainsi pendant quelques minutes, parlant de tout et de rien. Puis Meg décida qu'elle ferait mieux de dire au revoir à son amie avant que le prix de l'appel ne lui vaille des récriminations de son père. Ellen promit de la contacter dès qu'elle serait à Shadyside, enfin elles raccrochèrent.

Meg se sentait d'excellente humeur, à présent. Ç'avait été bon, de discuter avec Ellen. Elle avait paru semblable à elle-même. Et sincèrement heureuse que Meg l'ait appelée.

Meg attrapa son crayon et entreprit de rayer le nom d'Ellen de sa liste de suspects. Puis elle s'interrompit. Elle fixa son calepin en réfléchissant intensément.

Ellen avait paru tellement heureuse, tellement excitée, tellement enthousiaste.

Trop enthousiaste.

Trop heureuse.

Ça ne collait pas du tout. Ça donnait l'impression que c'était forcé, surjoué. Meg se rendit compte qu'elle n'avait jamais entendu son amie aussi pleine d'entrain, aussi dégoulinante de gentillesse.

Ce n'était pas l'Ellen qu'elle connaissait.

Que cherchait-elle à cacher ?

6

Mercredi soir

– Pourquoi tu ne l'as pas tapé ?

– J'ai essayé. Ça l'a fait rire.

– Et j'imagine que ça ne sert à rien de discuter avec lui.

Lisa leva les yeux au ciel et soupira.

– On ne fait que ça ! On passe tout notre temps à essayer de comprendre pourquoi ça ne marche pas mieux entre nous. C'est aussi pour ça qu'on ne s'entend pas. On n'a plus une seconde pour profiter l'un de l'autre !

Meg inclina la cannette contre ses lèvres et but une grande gorgée de Coca light. Puis elle s'enfonça dans le canapé en posant sa boisson sur ses genoux.

– J'aime bien cette pièce, dit-elle après un long silence, jetant un regard circulaire sur les murs en bois sombre, les étagères de livres qui montaient jusqu'au plafond avec un écran géant au milieu, et les portes vitrées qui donnaient à l'arrière, sur la terrasse. On n'a pas de salle de détente comme ça, chez nous.

– Tu ne serais pas en train d'essayer de changer de sujet ? demanda Lisa d'un air circonspect.

Meg sourit.

– C'est juste que je ne sais pas quoi te dire. Entre Tony et moi, ça ne marche pas fort non plus. On s'est méchamment disputés à propos de cette fête pour Ellen. Il prend très au sérieux les menaces qu'on a reçues. Mais je lui ai dit que je n'allais pas me laisser intimider par je ne sais quel taré.

– Tu as peut-être tort de t'entêter comme ça, Meg. Et si c'était Tony qui avait raison ? fit observer Lisa en croisant ses longues jambes sur le bras du fauteuil en cuir dans lequel elle était assise. Au moins, ça veut dire qu'il s'inquiète pour toi. Si je recevais des lettres de menace, je suis sûre que Cory dirait : « OK, mais qu'y a-t-il à la télé, ce soir ? »

Meg rit. Lisa imitait Cory à la perfection.

– Tu devrais peut-être le laisser un peu respirer ? suggéra-t-elle à son amie. Cory n'est pas si mal. Peut-être que tu attends trop de lui. Vous avez grandi ensemble, il habite juste à côté...

Ça n'a rien d'étonnant qu'il considère votre relation comme acquise. C'est presque normal, en fait.

Lisa termina son Coca et broya sa cannette dans son poing.

– Enfin, Meg, qu'est-ce qui te prend ? Je ne te demandais pas un conseil. J'avais seulement envie de me plaindre.

Les deux filles s'esclaffèrent.

– Je me comporte comme une égoïste, s'excusa Lisa avant de lancer sa cannette écrasée dans la corbeille sous le bureau à l'autre bout de la pièce. Hé ! deux points ! (Son expression redevint grave.) Tu viens me parler de ce qui vous arrive à Tony et à toi, et je n'arrête pas de te soûler avec Cory. Pardon. Vos problèmes sont autrement plus importants. Tu devrais pas prévenir la police ?

– Ben voyons, répliqua Meg en s'extirpant difficilement des coussins trop moelleux du canapé. Je vais aller voir les flics et leur dire qu'on a découpé toutes mes invitations en salle d'étude. Je suis sûre que ça va être le branle-bas de combat. Ils vont mettre tout le monde sur le coup ! Voire le F.B.I.

– Comment fais-tu pour avoir une peau pareille ? demanda Lisa.

– Hein ?

– Ta peau. Elle est parfaite. On dirait une peau de bébé.

– Quoi ? Lisa... fit Meg en portant involontairement la main à sa joue.

– Tu es toute lisse et veloutée, comme si tu venais de sortir de la douche. Je t'assure. Une vraie peau de pêche.

– Là, c'est toi qui essaies de changer de sujet, l'accusa Meg.

– Non. Désolée. Je me suis laissé distraire. (Lisa se leva en s'étirant, s'avança jusqu'aux portes vitrées et regarda dehors.) Tu sais, Meg, peut-être qu'il vaudrait mieux oublier cette idée de fête. Ça réglerait tous tes problèmes.

– Sauf que je n'en ai pas envie, dit Meg d'une voix plus geignarde qu'elle ne l'aurait voulu. J'aime beaucoup Ellen. Je tiens à lui montrer qu'on ne l'a pas oubliée. Et puis...

– Et puis ?

– Et puis je suis curieuse, maintenant. Je veux savoir pourquoi quelqu'un tient absolument à nous mettre des bâtons dans les roues.

– Comment ça ?

– Je ne crois pas qu'il s'agisse uniquement d'une blague stupide. Celui qui nous menace doit avoir de bonnes raisons de le faire. Lesquelles ? Mystère.

– Peut-être qu'il déteste Ellen ? Qu'il lui en veut à mort ?

– Je ne connais personne qui détestait Ellen. Et toi ?

Le regard de Lisa se perdit dans l'obscurité.

– Non, reconnut-elle. Mais qu'est-ce que ça pourrait être d'autre ? Ou alors, c'est en rapport avec Evan.

– Oui, c'est aussi ce que je me dis. Qu'est-ce qui t'a fait songer à Evan ?

– Ben... Quand je pense à Ellen, je l'associe automatiquement à Evan. Tu sais. Ellen et Evan. Ils étaient toujours fourrés ensemble. Cela dit, ça fait un an qu'il est mort, à présent. Je ne vois pas ce qu'il aurait pu faire pour que quelqu'un veuille à tout prix empêcher cette fête.

– Moi non plus. C'est complètement nébuleux. Mais je dois comprendre, c'est pour ça que je refuse de baisser les bras. Si je laisse tomber maintenant, on ne connaîtra jamais le fin mot de l'histoire.

– On t'a déjà dit que tu étais plutôt têtue, comme fille ?

– Possible... répliqua Meg. Qu'est-ce que tu regardes ?

– La maison de Cory. Sa chambre est éclairée. Je me demande s'il est là-haut. (Lisa resta plantée là encore un moment, avant de retourner s'asseoir dans le fauteuil en cuir.) As-tu une idée de qui pourrait vouloir vous faire peur, à Tony et à toi ? Des indices ?

– Promets-moi de ne pas te moquer, dit Meg.

– Tu me connais, protesta Lisa.

– Justement. C'est bien pour ça que je te le demande.

– D'accord, c'est promis. Bon, j'ai peut-être un peu les doigts croisés dans le dos.

– Eh bien, j'ai établi une liste de suspects.

– Sérieux ?

– Et mon premier suspect, c'est Brian.

Lisa se redressa sur son siège.

– Brian ? Pourquoi lui ? C'est ton cousin !

– Oui. Au deuxième degré. Mais ça ne suffit pas pour l'écarter. Il a beau être de ma famille, je le trouve sacrément bizarre. Toujours en train de zoner avec Dwayne, ou de jouer à ses jeux de rôles...

– Je ne sais pas, dit Lisa d'un air dubitatif. Qui d'autre as-tu mis sur ta liste ?

– Shannon.

– Quoi ? s'exclama Lisa.

– Elle est toujours assise juste derrière moi en salle d'étude. Elle aurait très facilement pu déchiqueter mes invitations. Quand je l'ai interrogée à ce sujet, elle m'a dit qu'elle n'avait rien vu parce qu'elle s'était absentée pour aller prendre un livre à la bibliothèque. Sauf que Tony était présent, lui aussi, et qu'il ne se souvient pas qu'elle ait quitté la pièce.

– Quand même... et les coups de téléphone, les messages ?

– Ç'aurait très bien pu être elle, dit Meg, d'une voix qui manquait d'assurance.

– Mais enfin, c'est ta meilleure amie, non ?

– C'est vrai. Je sais que ça paraît dingue. Mais Shannon n'est plus la même depuis la mort d'Evan. Et elle s'est déclarée contre cette idée de fête depuis le début.

Lisa poussa un soupir et secoua la tête.

– Ton cousin et ta meilleure amie. Il y a qui encore, sur ta liste... ta mère et ton père ?

– C'est bon, Lisa. Je...

– Reconnais qu'on a vu mieux, comme suspects. Pourquoi Shannon essaierait-elle de te faire peur ? Alors qu'il lui suffirait de te dire franchement que...

– Je n'en sais rien. Je sens des mauvaises ondes émaner d'elle, c'est tout. Peut-être qu'elle en veut à Ellen pour ce qui est arrivé à son frère. Ou peut-être qu'elle a peur de ce qui pourrait se passer pendant la fête. Je ne sais pas. Simplement...

– Eh bien, pose-lui la question, dans ce cas.

– Quoi ?

– Tu as très bien entendu, dit Lisa, qui se dressa d'un bond et se mit à marcher de long en large. C'est ta meilleure amie. Tu ne peux pas la mettre comme ça sur une liste de suspects. Va la voir et demande-lui franchement si c'est elle. Demande-lui pourquoi elle tient tant à ce qu'il n'y ait pas de fête pour Ellen. Parle-lui, à la fin ! C'est à ça que servent les amies, non ?

– Euh... je crois que je suis comme toi, en fait, dit Meg en lissant son sweat-shirt. Je n'attendais pas de conseils, j'avais juste envie de me plaindre.

Meg remercia Lisa pour cette discussion puis sortit de la maison. L'air frais lui fit du bien, lui éclaircit les idées. « Lisa a peut-être raison, se dit-elle. J'irai peut-être discuter avec Shannon demain. » Elle se glissa dans la petite Toyota de sa mère et rentra chez elle, répétant dans sa tête ce qu'elle dirait à son amie.

Elle s'engagea dans son allée et s'arrêta à quelques centimètres seulement du garage. Une ampoule au-dessus de la porte jetait une lumière jaunâtre sur les bardeaux de la maison.

Meg allait ouvrir la portière quand elle se figea, le souffle coupé. Cette ombre sur le perron... elle n'y était pas d'habitude, si ?

N'était-ce pas quelqu'un qui l'attendait dans l'obscurité ?

7

Mercredi soir

Meg se tassa sur son siège, fixant l'ombre immobile sur le perron.

Elle avait les doigts sur la clé de contact. Elle fut tentée de redémarrer, de reculer dans l'allée et de repartir à toute vitesse.

Mais c'était peut-être Tony qui était en train de l'attendre. Combien de fois avait-il fait ça – patienter sur le pas de sa porte sans oser sonner ni entrer ? Des dizaines !

Peut-être était-il venu s'excuser, se réconcilier avec elle.

Elle retira la clé de contact et commença à ouvrir la portière.

Ou bien ce n'était pas Tony.

C'était peut-être le taré qui l'avait appelée. Peut-être le même qui avait suivi Tony.

L'ombre ne bougeait toujours pas.

Comment était-ce possible qu'une personne se tienne aussi parfaitement immobile ?

Elle poussa la portière sur quelques centimètres.

– Qui est là ? lança-t-elle, surprise d'entendre plus de colère que de peur dans sa voix.

Silence.

– Qui est là ? Il y a quelqu'un ?

Silence, toujours.

– Tony, c'est toi ?

Personne ne pouvait rester figé comme ça pendant aussi longtemps.

Elle sortit de la voiture et s'avança sans bruit sur la pelouse. Elle sentait l'appréhension la gagner et lui nouer la gorge.

Elle fit un pas, puis un autre, foulant le gazon humide de rosée. « Pourquoi je fais ça ? se demanda-t-elle. Au lieu de me sauver le plus loin possible ? C'est complètement idiot. »

Elle s'arrêta au pied du perron.

– Qui est là ?

Puis elle rit.

L'ombre en question n'était autre que celle d'une plante en pot que son père avait laissée à cet endroit.

– Tu perds la boule, Meg, dit-elle à haute voix avant de soupirer de soulagement.

Elle se dépêcha d'entrer pour aller dormir, sans oublier de fermer à double tour derrière elle.

Jeudi après-midi

Meg planta prudemment sa fourchette dans la substance orange vif qui se trouvait dans son assiette. Si c'étaient des macaronis au fromage, où étaient les macaronis ? Et si ce n'était que du fromage, pourquoi avait-il une couleur aussi étrange ?

Il n'y avait pas grand monde à la cantine, ce jour-là. Peut-être que les autres élèves avaient appris qu'on servirait cette chose orange et avaient préféré déjeuner ailleurs. Cory Brooks et quelques-uns de ses potes de l'équipe de gymnastique faisaient les idiots autour d'une table près de l'entrée. « Ils n'en ont pas marre de se balancer des briquettes de lait à la figure ? » se demanda Meg.

Les fenêtres du fond étaient ouvertes, car c'était la plus chaude journée de printemps qu'ils avaient connue jusqu'ici. Sur le terrain d'entraînement, la fanfare du lycée répétait en prévision de la cérémonie de remise des diplômes. Ses couacs exaspéraient tout le monde.

Meg tira sur les manches de son chemisier. Elle goûta avec circonspection une petite bouchée de son plat. Ça n'avait absolument aucune saveur.

Levant la tête, elle vit Shannon la rejoindre avec son plateau. Elle humait le contenu de son assiette d'un air sceptique.

Meg grimaça intérieurement et prit une grande inspiration. Parler à Shannon ne serait pas facile, mais il ne servait à rien de repousser ce moment. Autant en finir au plus vite.

– C'est quoi, ce truc ? demanda Shannon en rapprochant bruyamment sa chaise pour s'installer en face de Meg.

– Du polystyrène, répondit celle-ci. Tu sais, ce qu'on met dans les colis pour éviter que le contenu ne se balade à l'intérieur.

Shannon piqua la substance avec la même prudence que Meg.

– Hé, j'ai l'impression que ce machin a essayé de mordre ma fourchette !

Mais Meg ne rit pas. Elle fixa Shannon droit dans les yeux, comme si elle attendait la réponse à une question qu'elle n'avait pas encore posée.

– Qu'est-ce qu'il y a ? lui demanda son amie en laissant retomber ses couverts sur son plateau. Tu es bizarre, aujourd'hui.

– Je... J'ai un truc à te demander, dit Meg tout bas.

– Alors, demande. Et efface-moi cette expression lugubre, tu veux bien ?

– Désolée.

Meg ne s'était pas rendu compte de la tête qu'elle faisait. Elle aurait voulu présenter ça comme une chose un peu bête, sans importance. À présent, ce n'était plus possible.

– Écoute. Tu vas trouver ça ridicule, mais il faut que je te pose la question.

– Vas-y, insista Shannon. Pas la peine de faire durer le suspense.

Meg respira un grand coup. Elle se sentit rougir.

– Est-ce que c'est toi qui m'as appelée l'autre soir et qui m'as déposé un mot au secrétariat ?

– Quoi ?

– C'est toi ? Parce que j'ai reçu un coup de fil et une lettre anonymes, et...

– Ça disait quoi ?

Shannon semblait sincèrement perplexe.

– C'étaient des menaces. Pour que je renonce à organiser la fête pour Ellen.

– Des menaces ? Tu crois que je te menacerais ?

Meg comprit qu'elle avait commis une erreur.

– Non, je...

Elle chercha désespérément un moyen de se sortir de cette situation.

– Meg, de quoi es-tu en train de m'accuser, au juste ?

La voix de Shannon était montée de plusieurs octaves. Ses mains agrippaient le bord de la table.

– Je ne t'accuse de rien. Je te demande, c'est tout, se défendit Meg. Je voudrais seulement que tu me dises que ce n'était pas toi.

– Eh bien, ce n'était pas moi, déclara Shannon d'un air furibond. Pourquoi est-ce que je voudrais te menacer, enfin ?

– Je ne sais pas, répondit Meg. En tout cas, il y a quelqu'un qui le fait. Tony a été suivi dans la rue, et... Je... J'ai peur, Shannon. Je ne sais plus quoi penser. Je...

– Oui, ça, dit froidement Shannon, ça me paraît clair.

– Écoute, je ne voulais pas dire que...

– Oh, tu as dit exactement ce que tu voulais dire. Je ne comprends pas comment tu peux m'insulter comme ça. Je pensais qu'on était amies, qu'on se faisait confiance. Moi, je ne t'aurais jamais accusée d'un truc pareil. J'imagine qu'on est différentes. Très différentes. Plus différentes que je ne croyais.

Elle s'étouffait presque d'indignation. Elle semblait à deux doigts de s'énerver pour de bon.

– Shannon, je suis vraiment désolée...

Rouge de colère, celle-ci se leva et quitta la cantine d'un pas rageur.

Meg resta pétrifiée. Elle se sentait minable.

« Merci, Lisa, pour tes bons conseils. Maintenant, je n'ai plus aucun ami. Ni Tony ni Shannon. »

Puis elle prit conscience qu'elle ne pouvait pas rejeter la faute sur Lisa. Elle n'aurait pas dû aborder les choses de cette manière. Elle n'aurait jamais dû accuser Shannon.

Hé, une minute.

Cette dernière n'en faisait-elle pas un peu trop ? Pourquoi s'énerver aussi vite ? Elle n'était pas aussi soupe au lait, d'habitude. Ne serait-ce pas pour dissimuler le fait que c'était bel et bien elle, l'auteur des lettres anonymes ? Réagissait-elle comme ça pour empêcher Meg de l'interroger, de découvrir la vérité ?

Non. Meg connaissait Shannon. Son choc et sa colère étaient sincères. Elle ne faisait pas semblant.

Et elle avait parfaitement le droit d'être furieuse.

Meg s'était comportée comme une idiote. Cruelle, en plus. Shannon ne lui parlerait probablement plus jamais. Pourquoi lui pardonnerait-elle ?

Meg fixa tristement la porte du réfectoire dans l'espoir de voir revenir son amie, pour qu'elle puisse s'expliquer et lui présenter des excuses.

Et puis, où était passé Tony ? Pourquoi se montrait-il aussi obtus ? Ne comprenait-il pas qu'elle avait besoin de lui en ce moment ?

Elle s'aperçut alors qu'elle mourait de faim. Elle repoussa son plateau sur le côté et ramassa le sac en papier brun qu'elle avait posé à ses pieds. Elle apportait toujours de quoi grignoter pour le déjeuner. La nourriture de la cantine ne lui suffisait jamais.

Elle commença à ouvrir son sac.

« Tiens, c'est drôle, pensa-t-elle. On dirait qu'il y a un truc qui fuit à l'intérieur. »

Comment était-ce possible ? Elle n'avait emporté qu'un sandwich et une pomme. Qu'est-ce qui pouvait couler là-dedans ? À moins que...

Elle plongea la main dans le sac. Et sentit quelque chose d'humide et de poisseux. D'épais.

– Oh !

Elle retira promptement sa main. Un liquide rouge sombre gicla, éclaboussant son chemisier, sa jupe. Meg regarda ses doigts : il y en avait partout. Ça lui dégoulinait sur le poignet, le long du bras, et jusque sur son plateau.

– C'est du sang ! s'écria-t-elle. Mon sac est plein de *sang* !

8

Jeudi soir

Meg ne parvenait pas à se concentrer sur son devoir. Accoudée à son bureau, elle le regardait sans le voir. Elle ne voyait que son sac en papier poisseux, dégoulinant, qui s'était révélé rempli de peinture rouge. Et aussi le visage de Shannon. Puis le sac en papier. Et encore le visage de Shannon – blessée, choquée, trahie.

– Il faut que j'aille m'excuser, dit-elle à haute voix.

Elle ne supportait pas l'idée que Shannon demeure fâchée contre elle. Elle se sentait tellement coupable, tellement... stupide.

La voiture était garée devant chez elle mais Meg eut envie de marcher. Parcourir à pied les neuf ou dix pâtés de maisons qui la séparaient de son amie lui donnerait le temps de mettre ses excuses en forme.

Il avait plu la majeure partie de l'après-midi, et l'air était encore frais et humide. Des flaques d'eau sur le trottoir reflétaient la lumière jaune des lampadaires. Meg en franchit une d'un bond puis continua d'un pas vif.

Quand elle atteignit la maison de Shannon, elle n'avait toujours pas décidé quoi lui dire. Il ne lui restait plus qu'à se présenter devant elle et la supplier de lui pardonner. Elle savait que Shannon pouvait parfois se montrer froide et dure. Surtout depuis un an. Meg allait sans doute ramer. Mais avait-elle vraiment le choix ?

La demeure des Harper était entourée d'un gazon impeccable. Un vieux saule se dressait au bord de l'allée, tel un gardien vénérable. Aucune lumière ne filtrait en façade, mais Meg savait que la famille aimait bien se retrouver dans le salon et la cuisine, donnant sur l'arrière.

Shannon vint ouvrir quelques secondes à peine après le coup de sonnette de Meg. Son visage se ferma.

– Oh. C'est toi.

– Je suis venue me prosterner à tes pieds, dit Meg. Sérieusement, je suis là pour m'excuser. Je ferai tout ce que tu voudras. Je me sens tellement nulle.

– C'est bon, dit Shannon en regardant par-dessus son épaule.

– Je te demande pardon, insista Meg. Tu es ma meilleure amie et...

– Entre, dit Shannon en s'effaçant devant elle.

Sa voix était froide et inamicale.

Meg pénétra dans le vestibule. Shannon portait un bermuda et un débardeur. Ses bras et ses jambes étaient très pâles, d'une blancheur d'ivoire. « On est au mois de mai, se dit Meg, c'est normal d'avoir l'air aussi pâle. »

Shannon la fit passer dans le salon plongé dans la pénombre, alluma une lampe en bronze et s'assit dans un canapé tapissé de velours rouge.

Meg détestait le salon de Shannon. En partie à cause de son mobilier trop cossu, trop inconfortable ; et en partie à cause de l'immense photo d'Evan qui trônait au milieu d'un mur. Impossible de la louper, et cela mettait Meg encore plus mal à l'aise que les fauteuils d'époque.

Ce n'était pas une photo de l'Evan qu'elle avait connu au lycée. Il portait un veston foncé et une cravate. Il devait revenir d'une occasion spéciale, un mariage, peut-être. Et ses cheveux blonds, d'ordinaire tout ébouriffés, étaient soigneusement coiffés en arrière. Il regardait droit devant lui avec un sourire figé.

Meg se dit que c'était sans doute ainsi que ses parents voulaient se le rappeler – non pas comme le garçon agité et perturbateur qu'il avait été mais tel qu'il apparaissait sur le cliché, tranquille, parfaitement maître de lui.

Cette photo ne manquait jamais de lui remémorer l'autre facette d'Evan. Comme si son esprit rejetait cette image factice, cet inconnu tiré à quatre épingles, lui préférant le garçon qu'il avait été, avec ses défauts et ses problèmes.

Elle se souvint soudain d'une soirée qu'ils avaient passée au sous-sol, dans la salle de jeux des Harper. Qui était là, déjà ? Toute la bande – Shannon, Ellen, Meg, Tony et Evan. Les garçons jouaient au billard sur la grande table au centre de la pièce. Les filles jouaient au ping-pong, deux contre une.

Meg se souvenait du bruit qui y régnait alors, des cris, des rires, de la balle de ping-pong qui rebondissait contre les raquettes ou roulait sur le carrelage jusqu'à l'autre bout de la salle, et du choc sourd des queues de billard contre les boules de couleur.

Even était particulièrement agité, ce soir-là. Dans l'après-midi, il avait embouti l'arrière d'un pick-up avec l'une des voitures de la famille, et Tony n'arrêtait pas de le charrier.

– Ce n'était pas ma faute, mec, avait protesté Evan avant d'empocher la 3 dans un coin et d'adresser un sourire triomphant à Tony.

– Tu rentres dans une camionnette et ce n'est pas ta faute ? avait relevé Tony en rigolant.

– Bah oui. Elle était sur la file de gauche au-dessous de la vitesse minimum. Comment voulais-tu que je l'évite ? Elle allait trop lentement !

Tony avait ri et manqué son coup.

– Alors tu as essayé de la pousser un peu pour qu'elle accélère, avait marmonné Ellen.

– Un petit coup de pouce qui a envoyé ta voiture chez le garagiste ! avait conclu Tony en se tenant les côtes.

– Vous êtes tous les deux contre moi, ou quoi ? avait dit Evan, fixant Ellen d'un air mauvais.

Il ne plaisantait plus, tout à coup.

– Pas du tout, Evan. C'est juste que Tony et moi...

– Je vous ai vus ! s'était écrié Evan en abattant violemment la queue de billard sur le bord de la table. Vous trouvez ça drôle, hein ? Un crétin de camionneur qui roule à deux à l'heure manque m'envoyer dans le décor, et vous trouvez ça hilarant !

– Allez, mec... avait dit Tony en écartant les mains dans un geste d'apaisement.

– Non. J'en ai marre ! avait éclaté Evan.

Tenant la queue de billard à la manière d'une épée, il avait commencé à la cogner contre celle de Tony. *Clic clic clic.* Les yeux étincelants, les cheveux en bataille, il frappait de plus en plus fort, obligeant Tony à se défendre.

– Evan, arrête ! avait crié Ellen.

Il avait balancé la queue comme une batte de base-ball, visant Tony. Mais ce dernier s'était penché et la queue avait atteint Ellen à l'épaule. Elle avait crié et reculé contre le mur du sous-sol.

– Evan !

Mais celui-ci ne l'écoutait plus. Tony et lui étaient montés tous les deux sur la table de billard et s'y affrontaient avec une détermination farouche, comme dans un film de cape et d'épée. Meg se souvenait encore de l'expression de Tony à ce moment-là. Tout cela n'était qu'un jeu pour lui. Il s'amusait comme un fou.

Evan, en revanche, paraissait très sérieux, déterminé à gagner. Il était vite devenu évident pour tout le monde – excepté Tony – qu'Evan se battait pour de bon. Les queues de billard cliquetaient l'une contre l'autre. Les deux garçons avaient bondi à bas de la table pour continuer leur duel à travers la pièce.

Le visage d'Evan était rouge vif. Il avait les traits déformés par la colère, les yeux plissés.

Soudain, il avait frappé de haut en bas, sèchement. On avait entendu un craquement.

Tony avait chancelé, avant de tourner de l'œil. Puis il s'était écroulé sur le sol. Du sang s'était mis à couler dans ses cheveux.

Evan ne lui avait même pas accordé un regard, se contentant d'examiner la queue de billard.

– Je crois que je l'ai fendue, avait-il déclaré, apparemment très embêté.

Ellen lui avait hurlé dessus :

– Tu es complètement fou, ou quoi ?

Meg se souvenait de la surprise qui s'était affichée sur le visage d'Evan. Comme s'il n'avait pas eu conscience de ce qu'il avait fait. Il avait baissé les yeux. Son expression avait changé d'un coup. Il s'était penché sur son ami.

– Hé, Tony, ça va ? C'était un accident, vieux. Je ne l'ai pas fait exprès.

– Ce n'est rien, avait marmonné Tony d'une voix pâteuse.

Il lui avait souri. Il lui aurait passé n'importe quoi.

Meg et Shannon avaient conduit Tony aux urgences de l'hôpital de Shadyside. En sortant de la maison, ils avaient entendu Ellen crier contre Evan, tenter de lui faire admettre qu'il ne s'agissait pas d'un simple accident. Tony avait eu besoin de cinq points de suture.

Ç'avait été une soirée horrible. Mais personne ne savait jamais à quoi s'attendre, avec Evan. Certains soirs, c'était le garçon le plus drôle, le plus gentil, le plus heureux du monde.

D'autres soirs, il ne « faisait pas exprès ». Et quelqu'un finissait à l'hôpital.

– Tu n'arrêtes pas de regarder cette photo, fit observer Shannon depuis son canapé.

Sa remarque ramena Meg à l'instant présent.

– Oui. Je sais.

– Drôle de portrait, hein ? demanda Shannon en secouant la tête. Ça lui donne l'air d'un Martien.

– On ne le reconnaît pas du tout, confirma Meg avec une pointe de tristesse.

Elles restèrent assises face à face en silence pendant un long moment. Puis Meg se lança :

– Il faut m'excuser, Shannon. Je crois que j'ai perdu les pédales. Je te demande pardon, vraiment. Je ne sais pas ce qui m'a pris. Ça fait plusieurs jours que ça ne tourne pas rond chez moi. L'autre soir, en rentrant de chez Lisa, j'ai aperçu l'ombre d'une plante en pot sur mon perron et j'ai cru que c'était quelqu'un qui m'attendait, caché dans le noir. Tu m'aurais vue... J'étais terrorisée !

– Ma pauvre chérie, commenta Shannon sans se laisser émouvoir. Et cette prosternation, ça vient ?

– Si tu acceptes de me pardonner, je serais prête à faire n'importe quoi pour toi. Je t'assure. Même à demander à Gary Brandt de sortir avec toi.

– Euh... *Quoi ?*

– Je sais que tu en meurs d'envie et que tu n'oses pas faire le premier pas.

– Attends une minute...

– J'irai lui demander, si tu veux. Pour me racheter de cet après-midi.

– Nom de... Mais tu es sérieuse, en plus, dit Shannon en dévisageant son amie avec incrédulité.

– Bien sûr, que je suis sérieuse. Je ne veux plus qu'on soit fâchées.

– D'accord. Je ne suis pas fâchée, dit Shannon. Mais je t'interdis d'aller demander quoi que ce soit à Gary Brandt, c'est compris ?

– OK, je...

– Promis ?

– Promis, dit Meg. (Elle s'installa plus confortablement sur son siège, quelque peu soulagée.) Alors c'est vrai, tu acceptes mes excuses ?

– Ben oui. Et puis, je n'aurais pas dû réagir comme ça, moi non plus. Désolée. (Shannon se leva et serra son amie dans ses bras.) Maintenant, parle-moi un peu de ces menaces. Je n'arrive toujours pas à y croire.

Meg lui raconta le coup de téléphone, le message anonyme, Tony qui s'était fait suivre.

– Oh, j'ai failli oublier. J'ai parlé à Ellen, dit-elle, heureuse de changer de sujet. Elle avait l'air en pleine forme. Elle est impatiente de revenir et de revoir tout le monde.

– Tant mieux, dit Shannon. Je dois reconnaître que j'avais tort à propos de la fête. C'est une bonne idée. Tu avais raison.

– Bon ! dit Meg. Je veux dire, *super* ! Je peux donc compter sur toi pour me donner un coup de main ?

– Oui, bien sûr, répondit Shannon en haussant les épaules. Autant risquer notre vie toutes les deux, non ? Pour affirmer notre droit à faire la fête !

Meg rit, sans trouver la remarque drôle pour autant.

– Et, avant que j'oublie, ajouta Shannon, Mike sera là ce week-end, donc il faudra l'inviter aussi, même s'il ne connaissait pas très bien Ellen.

Mike était le demi-frère de Shannon. Leur père l'avait eu d'une deuxième épouse après la mort de la mère de Shannon. Meg ne le voyait pas souvent. Il allait dans un autre lycée, quelque part en Nouvelle-Angleterre.

– Chouette, dit Meg. Il est trop mignon.

– Il ressemble tellement à Evan en grandissant, ça fait presque peur, dit Shannon d'un ton mélancolique.

Elle soupira. Même un an après, elle rechignait toujours à parler de son frère.

– À ton avis, qui peut vouloir faire obstacle à cette fête ?

– Je n'arrive pas à savoir, justement, dit Meg, croisant et décroisant les jambes sur son fauteuil inconfortable. Ça me rend folle.

– Ça doit être quelqu'un qui déteste Ellen, dit Shannon en secouant la tête.

– D'accord, mais qui ? Ellen était la fille la plus populaire du lycée.

– C'est vrai, reconnut Shannon. Du coup, je ne vois pas. Hé, peut-être que ça n'a aucun rapport avec Ellen. Il faut peut-être chercher quelqu'un qui te déteste *toi*.

Elle rit. Cette idée semblait beaucoup l'amuser.

Meg, à qui cela n'était même pas venu à l'esprit, était choquée.

– Hein ? Qui ça, par exemple ?

– Je ne sais pas. Oublie, s'empressa de dire Shannon. C'était stupide. C'est juste quelqu'un qui veut empêcher cette fête. Empêcher qu'on se retrouve tous ensemble. Mais pourquoi ?

– Il a peut-être peur de quelque chose ? rétorqua Meg, en pleine réflexion. Hmm... Peur qu'on parle de lui ? Qu'on mette le doigt sur quelque chose qui aurait dû rester secret ? Peur de ce qu'Ellen pourrait nous raconter ?

– Peut-être bien, peut-être bien. (Shannon tapotait nerveusement la table basse en bois.) Qui donc pourrait avoir un secret qu'il n'aimerait pas nous voir découvrir...

Son sourire s'effaça d'un coup.

– Brian ! s'exclama-t-elle.

Meg la considéra avec étonnement.

– Brian ?

Elle songea à sa liste de suspects. Son cousin figurait en première position.

– Qu'est-ce qui te fait dire ça ?

– Eh bien... il est bizarre, non ? Je sais que c'est ton cousin, mais quand même. Et il ne s'est pas arrangé, depuis l'accident. Tu ne t'es jamais demandé ce qu'il fabriquait dans les bois, comment ça se fait qu'il ait découvert Evan quelques secondes après... après que...

Elle fut incapable d'aller au bout de sa phrase.

– Shannon, ne me dis pas que tu penses que Brian aurait quelque chose à voir avec... ?

Shannon dévisagea Meg.

– C'est possible, non ?

– Bien sûr, mais...

Meg savait que Brian était spécial. Elle s'était toujours dit que c'était une coïncidence qui l'avait fait tomber sur Ellen et Evan juste après que ce dernier se fut tiré dessus par accident. Naïvement, elle n'avait jamais soupçonné qu'il puisse avoir le moindre rapport avec la mort d'Evan.

– J'imagine que je devrais lui parler, dit Meg.

– Essaie d'être un peu plus diplomate qu'avec moi, suggéra Shannon.

Elles rirent toutes les deux. Meg était contente d'être venue. À présent, elle allait pouvoir rentrer chez elle et enfin se concentrer sur son devoir de philo.

Elle souhaita bonne nuit à son amie, sortit de la maison, descendit l'allée puis partit à petites foulées vers chez elle. Il avait dû pleuvoir pendant qu'elle se trouvait chez Shannon parce que la chaussée était mouillée et que des torrents d'eau ruisselaient le long des caniveaux.

Levant les yeux, elle aperçut des phares devant elle et distingua une voiture de couleur sombre. Elle roulait très vite, soulevant des gerbes d'eau sous ses pneus.

Meg continua à trottiner. Puis elle se figea en s'apercevant que la voiture avait changé d'axe pour se diriger droit sur elle.

Et qu'elle semblait accélérer.

Meg n'avait plus le temps de réagir ni de faire un bond de côté.

Comme un lapin pris dans la lumière des phares, elle se contenta de lever les mains devant elle et de pousser un cri en voyant la voiture lui foncer dessus.

9

Plus tard, jeudi soir

Le conducteur se gara devant la maison et se mit au point mort. Son cœur tambourinait en cadence avec les essuie-glaces. *Boum-BOUM, boum-BOUM, boum-BOUM.*

Il coupa le contact. Les balais s'arrêtèrent brusquement au milieu du pare-brise, en revanche son cœur continua à battre au même rythme. Il ne fit pas un geste pour descendre de voiture. Il ne savait même pas s'il était en état de marcher. Le regard dans le vague, il attendit d'aller mieux, de se détendre un peu, de se sentir plus normal.

Mais peut-être ne se sentirait-il plus jamais normal.

L'averse avait cessé. Il était tombé des trombes d'eau pendant quelques minutes, et puis ça s'était calmé d'un coup.

Où était-il ?

Il regarda autour de lui. Il lui fallut un moment pour se souvenir. Il se trouvait devant la maison de son cousin Mark. Dans la voiture de Mark. Il la lui avait empruntée le matin même.

Il était en train de la lui ramener quand il avait aperçu Meg en train de courir dans la rue. Et là... là...

Il lui avait roulé dessus.

Enfin, pas tout à fait.

Mais presque.

Qu'est-ce qui lui était passé par la tête ? Il se rendit compte qu'il transpirait à grosses gouttes. Son front était moite, son T-shirt trempé de sueur. Il avait l'impression d'être brûlant.

Que lui arrivait-il ?

Le pare-brise s'embuait. Il serait bientôt en sécurité, enveloppé comme dans un cocon. Personne ne pourrait plus le voir. Personne ne saurait qu'il était là. Peut-être pourrait-il rester ici pour toujours.

Il avait failli écraser Meg. Il avait orienté la voiture dans sa direction et écrasé la pédale d'accélérateur.

Il avait entendu son cri par-dessus le rugissement du moteur.

Il l'avait vue écarquiller les yeux.

Il l'avait vue essayer de se protéger avec ses mains. Malgré cela, il n'avait pas relâché la pression de son pied. Il n'avait pas tenté de faire une embardée.

Puis il l'avait vue bondir sur le côté et rouler sur le trottoir.

À ce moment-là enfin, il avait empoigné le volant et braqué sèchement vers la gauche. Il avait dérapé un peu sur la chaussée détrempée. Après quelques zigzags, il avait repris le contrôle de son véhicule et il s'était enfui à toute vitesse. Sans un regard en arrière.

Peut-être ne se sentirait-il plus jamais normal.

Il avait seulement voulu faire peur à Meg.

C'était tout. Lui faire vraiment peur. Lui montrer qu'il ne plaisantait pas, qu'il ne se contenterait plus de coups de téléphone anonymes, de messages de menace ou de faux sang dans son sac en papier.

Mais ensuite, quand il l'avait vue dans la rue, il avait complètement oublié ce qu'il faisait. Il se souvenait pourquoi il voulait lui faire peur. Ça oui. Il se souvenait pourquoi il ne pouvait pas laisser cette fête avoir lieu. Trois fois oui.

En revanche, il avait oublié ce qu'il faisait, oublié son pied enfoncé sur l'accélérateur, oublié ses mains crispées sur le volant.

Il aurait pu la tuer. Alors qu'il voulait simplement l'effrayer.

Il avait déjà tué une fois. Et voilà qu'il avait failli recommencer.

« Je suis en train de dérailler, se dit-il. Je suis en train de salement dérailler. »

Il avait eu de la chance, cette fois. Elle avait réussi à éviter la voiture. Elle s'en était sortie. Sans une égratignure.

Mais avait-elle eu peur ?

Suffisamment peur pour renoncer à son projet de fête ? Si la réponse était oui, les choses pourraient reprendre leur cours normal.

Il pourrait se sentir de nouveau normal.

Il n'aurait plus qu'à se soucier de l'autre meurtre. Tous les jours. Jusqu'à la fin de sa vie.

Il se cogna violemment la tête contre la vitre de sa portière.

« Reprends-toi, mec. Contrôle-toi. »

Il avait mal au crâne, maintenant. Tant mieux. C'était naturel d'avoir mal. Ça le faisait se sentir un peu plus normal.

« Vas-y doucement, mec. Respire. Comme ça, c'est mieux.

Tu lui as seulement flanqué la frousse.

Après tout, il faut bien que tu le fasses. Pour qu'elle laisse tomber son projet de fête.

Parce que tu n'as pas le choix. Cette soirée ne doit pas avoir lieu. Pas question que toute la bande se retrouve au complet. Pas question qu'Ellen débarque et crache le morceau.

Pas question qu'elle raconte à tout le monde ce qui s'est passé l'année dernière. »

***

Meg ôta ses vêtements trempés, boueux, et les jeta en tas au milieu de sa chambre. Puis elle s'empressa d'aller prendre une douche.

En dehors d'une ecchymose sur l'épaule à l'endroit où elle avait heurté le trottoir, elle n'avait rien. Si seulement ses mains et ses jambes voulaient bien s'arrêter de trembler, si seulement les battements de son cœur voulaient bien ralentir !

Une longue douche chaude devrait l'y aider. Heureusement, ses parents étaient allés se coucher de bonne heure. Elle ne tenait pas spécialement à leur expliquer pourquoi elle était rentrée dans un état pareil.

D'ailleurs, que leur raconterait-elle, exactement ?

Elle n'était même pas sûre d'avoir bien compris ce qui s'était passé.

Devait-elle appeler les flics ?

Et pour leur dire quoi ?

Gênée par la lumière des phares, elle n'avait pas bien distingué la voiture. Elle serait incapable de la décrire. Il faisait trop sombre – puis les phares s'étaient braqués droit sur elle et l'avaient complètement aveuglée.

Le conducteur avait-il vraiment cherché à l'écraser ? Ou avait-il seulement perdu le contrôle de son véhicule momentanément ?

La chaussée était glissante à cause de la pluie. Peut-être que la voiture avait tout simplement dérapé. Peut-être que le conducteur ne l'avait même pas vue. Peut-être qu'elle en faisait toute une affaire pour rien.

Pour rien ?

Elle avait quand même failli mourir.

Elle frissonna. L'eau brûlante ne parvenait pas à la réchauffer.

Elle se sécha rapidement, toujours en frissonnant, puis enfila son pyjama le plus chaud. Après quoi elle ramassa ses vêtements sales et les fourra dans la corbeille à linge.

« Qu'est-ce qui pourrait me faire du bien ? se demanda-t-elle.

Tony. »

Tony saurait quoi dire. Il avait toujours su la réconforter.

Il lui manquait tellement. Elle avait besoin de lui parler, là, tout de suite.

Elle enfila un peignoir rose par-dessus son pyjama et s'assit pour lui téléphoner. Levant la tête, elle vit un croissant de lune briller à travers la fenêtre. Les nuages s'étaient dispersés.

Elle composa le numéro de son petit ami. Elle laissa sonner deux fois, trois fois, et plus encore.

« Allez... Décroche ! »

– Allô ?

– Tony ?

– Non. Ce... C'est son p-père.

Elle reconnut la voix bredouillante de M. Colavito. Cela voulait dire qu'il avait passé la soirée au bar du coin. Quelle surprise. Il passait *toutes* ses soirées au bar du coin.

– C'est moi, monsieur Colavito. Meg.

– M-Meg ?

On aurait dit qu'il entendait ce prénom pour la première fois.

– C'est ça. Meg. Tony est à la maison ?

– Non. Pas pour l'instant.

– Ah bon ?

– Non, je crois qu'il est sorti.

Ah, super. Jamais là quand on avait besoin de lui.

– Oh. D'accord. Eh bien... merci. Désolée de vous avoir réveillé.

– Pas grave. Je somnolais juste.

Meg raccrocha. M. Colavito buvait plus que de raison, ces derniers temps. Tony n'en parlait pas beaucoup, mais elle savait que ça le préoccupait.

Elle fixa le combiné. Où pouvait bien être Tony à une heure aussi tardive, alors qu'ils avaient cours le lendemain ?

Elle lui adressa un message mental : « Tony, j'ai besoin de toi. Appelle-moi, s'il te plaît. Appelle-moi, Tony. J'espère que tu reçois ce message. »

Elle se concentra très fort, en faisant appel à toutes les ressources télépathiques insoupçonnées qu'elle possédait... peut-être.

Puis une hypothèse très déplaisante lui vint à l'esprit.

Et si Tony était sorti en compagnie d'une autre fille ?

***

Tony, qui marchait d'un pas vif, ne reçut pas le message de Meg. Il se trouvait à six pâtés de maisons de chez lui sur Canyon Road. Ses tennis étaient trempées, ainsi que l'ourlet de son jean. Il avait sans doute marché dans des flaques sans même s'en apercevoir. Il était impatient de rentrer chez lui et de se changer.

La rue était déserte. On n'entendait que le *plic-ploc* des gouttes de pluie qui tombaient des arbres et le claquement mouillé de ses semelles sur le bitume.

Puis il perçut un bruit sourd et répétitif, une sorte de battement régulier. Il porta machinalement la main à son cœur, mais non : le bruit provenait d'une maison un peu plus loin devant lui. Des projecteurs fixés au bord du toit éclairaient l'allée ainsi que le côté de la maison. « On y voit comme en plein jour », se dit Tony, impressionné.

Il continua d'avancer jusqu'à ce qu'il reconnaisse le type qui enchaînait les tirs dans un panier de basket accroché au mur de son garage. C'était le copain de Brian, celui avec lequel il jouait à *Wizards & Dungeons*.

– Salut, Dwayne !

Dwayne Colligan ne leva pas les yeux. Il tenta un double-pas, rata son coup, récupéra le rebond et repartit dans l'allée.

– Il me semblait bien avoir flairé ton odeur dans le coin, Colavito ! lui lança-t-il joyeusement.

Tony s'avança vers lui, attendit le bon moment et chipa la balle à Dwayne.

– Hé, Tony, tu vas me salir mon ballon, mec !

– Regarde et apprends, Colligan ! rétorqua l'autre avant d'effectuer un tir de loin.

Wouf. Dans le filet, sans même toucher l'arceau.

– Un coup de bol, ricana Dwayne.

– Qu'est-ce que tu fais dehors aussi tard ? s'étonna Tony en indiquant les projecteurs d'un geste du menton.

– J'aime bien marquer quelques paniers quand il fait nuit, répondit Dwayne. (Il refit un double-pas, et cette fois marqua facilement.) Ça me détend. Et toi ?

– Oh, je me promène.

Dwayne partit en dribbles autour de Tony. Les muscles de ses bras roulaient sous sa peau. Son corps ne ressemblait pas à celui d'un adolescent. Il s'était énormément entraîné pour ça.

– Alors, quoi de neuf ? demanda Tony pour faire la conversation, pendant que Dwayne ratait un nouveau panier.

– Pas grand-chose, répondit celui-ci en haussant les épaules.

Il capta le rebond et se remit à dribbler.

– Et avec Shannon, ça avance ?

– Bof... fit Dwayne d'un air dépité.

Il tenta un tir et le manqua largement ; le ballon rebondit sur le mur du garage.

– Elle ne veut pas entendre parler de moi.

– Ça craint, mec, dit Tony en courant ramasser la balle dans l'allée.

– Je ne comprends pas, reconnut Dwayne en plaquant les deux mains contre le mur de bardeaux de la maison pour faire quelques étirements. Je sais que son frère me détestait, mais...

– Evan ?

– Oui. Il ne pouvait pas me sentir. Il m'avait prévenu que je n'avais pas intérêt à m'approcher de sa sœur. Il savait que je craquais pour elle. Il m'avait dit que, si j'insistais, il me le ferait regretter.

– Ah oui ?

Tony revint en faisant rebondir le ballon sur l'asphalte. Il n'était pas au courant de cette histoire. Evan ne lui avait jamais parlé de Dwayne.

– Tu sais quoi, mec ? continua Dwayne avec un grand sourire. Quand on l'a retrouvé dans les bois, je me suis dit que c'était une bonne nouvelle. J'étais content. Ça voulait dire que j'allais pouvoir tenter ma chance avec sa sœur.

Tony sentit la colère exploser dans sa poitrine puis se répandre dans tout son corps.

– *Evan était mon meilleur ami !* hurla-t-il.

Il prit la balle d'une main et l'enfonça de toutes ses forces au creux du ventre de Dwayne.

Celui-ci lâcha un grognement de surprise. Tony partit au pas de course dans l'allée. Il se trouvait déjà trois maisons plus loin quand Dwayne lui lança :

– Qu'est-ce qui te prend ? Ça va pas, non ?

Mais il ne chercha pas à le poursuivre.

Tony continua à courir, de plus en plus vite.

– T'es cinglé, mec ! lui cria Dwayne. Il y a un truc qui ne tourne pas rond chez toi !

Tony courut sur plusieurs centaines de mètres avant de souffler. Il était trempé de sueur, à présent. Cela dit, il se sentait beaucoup mieux.

En fait, il se sentait plutôt bien.

Il n'aimait pas qu'on dise du mal d'Evan. Il ne le supportait pas.

Evan avait été un type super.

Alors que Dwayne était un taré de première.

On ne pouvait pas laisser un abruti comme lui se réjouir de la mort d'Evan. Tony avait bien réagi. Il fallait faire quelque chose – et il l'avait fait.

Il était parfaitement à l'aise avec ça. Il se sentait si bien qu'il rentra en jogguant jusque chez lui, quatre pâtés de maisons plus loin, sans ralentir une seule fois.

10

Vendredi soir

Meg était bien embêtée à propos de son devoir de philo. Elle avait déjà trois jours de retard. Elle n'en avait écrit que deux paragraphes, qu'elle n'était même pas certaine d'apprécier.

Mais qu'y pouvait-elle ? Elle était tellement préoccupée.

Si seulement elle avait pu parler à Tony, lui raconter pour le sac en papier rempli de faux sang, la voiture qui avait – peut-être – tenté de l'écraser...

Elle l'avait cherché au lycée. Or il n'y était pas.

Elle jeta son crayon et froissa la feuille de brouillon qu'elle avait sous les yeux depuis une heure. « Je devrais être avec Tony, en ce moment, se dit-elle. On est vendredi soir. Je ne devrais pas être assise là toute seule, à travailler sur ce fichu devoir. »

Qu'est-ce que Tony essayait de prouver, de toute façon ? Qu'il était aussi têtu qu'elle ? Pourquoi ne l'avait-il pas appelée ?

Elle se leva de son bureau.

– Tant pis, j'y vais, déclara-t-elle à haute voix. Maintenant.

Elle prévint ses parents qu'elle passait chez Tony, attrapa les clés de la voiture sur l'étagère dans l'entrée et roula jusqu'au bout de Canyon Road où Tony et son père vivaient dans une petite maison mitoyenne.

Réfléchissant à ce qu'elle allait lui dire, imaginant déjà leur réconciliation, elle se gara le long du trottoir et grimpa d'un bon pas les quelques marches de son perron.

La porte s'ouvrit brusquement avant qu'elle ait eu le temps de sonner. Elle se retrouva nez à nez avec M. Colavito, coiffé de son éternelle casquette des Cubs. Il parut aussi surpris qu'elle. Elle était toujours frappée de constater à quel point son fils lui ressemblait – en moins gris et en plus costaud.

– Bonsoir. Comment ça va ? dirent-ils tous les deux en même temps.

– Je, euh... sortais juste faire un tour, dit M. Colavito.

Ce qui voulait dire qu'il se rendait au bistrot.

– Tony est là ?

– Non.

– Ah bon ?

– Non, désolé. Je peux faire quelque chose ? Tout va bien ?

– Oui, oui. Je... Ça va. Vous savez où il est allé ?

M. Colavito commença à descendre les marches. Meg le suivit. Plus loin dans la rue, une voiture démarra sur les chapeaux de roue. Ce qui fit aboyer tous les chiens du quartier – une belle symphonie canine.

– Il est parti avec un ami. Brian. Ton cousin, non ?

– Brian ? Oui. Tony est parti avec Brian ?

Depuis quand Tony traînait-il avec Brian ?

– Oui. Ils ont parlé de jouer à je ne sais plus quel jeu.

M. Colavito était visiblement pressé, impatient d'arriver à son troquet.

– *Wizards & Dungeons* ?

– C'est ça. Enfin, je crois. Tony m'a dit de ne pas m'inquiéter, qu'il ne rentrerait pas trop tard. Tâche de l'appeler en fin de soirée ?

Il s'éloigna d'un pas rapide.

– D'accord. Merci, lui lança Meg. Ils n'ont pas dit où ils comptaient aller ?

– Non. Ils ne m'ont rien dit, répondit le père de Tony avant de tourner à l'angle de la rue.

Meg remonta lentement dans sa voiture, plus perplexe que jamais. Tony n'était pas un grand fan de *Wizards & Dungeons*. Et il ne pouvait pas supporter Brian. Pourquoi serait-il sorti avec lui un vendredi soir pour jouer à ce jeu stupide ?

Étaient-ils dans les bois de Fear Street ? C'était toujours là-bas que Brian et Dwayne se rendaient pour jouer. Tony irait-il vraiment dans cette forêt effrayante en compagnie de Brian, après ce qui s'y était passé ?

Meg envisagea de rouler un moment au hasard, mais elle se sentit soudain très fatiguée. Elle retourna directement chez elle, gara la voiture dans l'allée, monta dans sa chambre et se mit au lit.

Il lui fallut plus d'une heure pour s'endormir. Quand elle finit par y parvenir, elle fit un rêve troublant, étrange et coloré, dans lequel elle pourchassait quelqu'un qu'elle ne connaissait pas, tout en sachant que ce n'était pas la bonne personne.

Elle fut réveillée en sursaut par la sonnerie du téléphone. Pendant un instant elle crut qu'elle était toujours en train de rêver.

Elle décrocha avec réticence.

– Allô ? dit-elle d'une voix ensommeillée.

– Allô, Meg ? Est-ce que Brian et Tony sont là ?

– Non. Qui est à l'appareil ?

– C'est le père de Tony.

– Oh. Bonsoir. Désolée, je dormais. Je...

– Ils ne sont pas chez toi ?

Il avait l'air bizarre, tendu. Il s'exprimait en articulant exagérément, comme s'il avait bu et cherchait à le masquer.

– Non. Bien sûr que non.

– Il est 4 heures du matin, dit M. Colavito. La mère de Brian vient de m'appeler. Il n'est pas rentré, et Tony non plus. Sais-tu où ils ont pu aller pour jouer à ce fichu jeu ?

– Euh... non. Dans les bois de Fear Street, peut-être ?

Meg se redressa dans son lit. Que se passait-il ? Pourquoi M. Colavito semblait-il si inquiet ?

– J'appelle la police, lui dit-il. Tony et Brian ont disparu tous les deux.

11

Vendredi, tard dans la nuit

Meg était bien réveillée, à présent. Trop pour se rendormir. Des images horribles lui venaient à l'esprit, des images de Tony et de Brian perdus dans ces bois qui avaient connu tellement de tragédies, expliquées ou inexpliquées.

« Tony, mais qu'est-ce que tu fabriques ? pensa-t-elle. Qu'est-ce qui t'a pris de partir là-bas cette nuit avec Brian ?

Et où êtes-vous passés ? »

Elle comprit qu'elle allait devoir se rendre sur place. S'assurer personnellement qu'ils allaient bien. Elle se traîna jusqu'à son placard et en extirpa le jean qu'elle avait porté la veille. En se tortillant pour l'enfiler dans le noir, elle se cogna contre le bureau et fit tomber sa lampe sur le sol.

– C'était quoi, ce bruit ? cria sa mère depuis la pièce voisine.

Quelques secondes plus tard, son père sortit dans le couloir, alluma la lumière et passa la tête dans sa chambre.

– Meg, où vas-tu comme ça ? Quelle heure est-il ?

À le voir bâiller et cligner des paupières ainsi, on aurait dit un ours à peine sorti de son hibernation.

– Il est tard, papa. Mais il faut que je sorte.

– Quoi ? Pour aller où ?

Il fourragea dans sa barbe d'un air incertain.

– Euh... eh bien... en fait, Tony a disparu.

– Disparu ? Comment ça, disparu ? Où ça ?

– Dans les bois de Fear Street, probablement.

Son père prit le temps de digérer la réponse. Meg en profita pour enfiler un gros pull en laine. Quand elle s'aperçut qu'elle l'avait mis à l'envers, elle décida qu'elle s'en fichait.

– Donc, si je comprends bien, tu as l'intention de partir à sa recherche ?

Il commençait à se réveiller.

– Oui. Je n'ai pas le choix. Je crois que Tony et Brian sont allés là-bas ensemble plus tôt dans la soirée. Et ils ne sont pas encore revenus.

– Fear Street ?

M. Dalton avait manifestement du mal à assimiler ce que Meg lui racontait. Il fallait reconnaître que cette histoire n'avait aucun sens.

– Désolé, finit-il par dire, il est hors de question que tu te rendes à Fear Street au beau milieu de la nuit.

– Mais Tony... Papa, s'il te plaît, il faut que j'y aille ! Brian m'a montré un jour la grotte où il allait pour jouer à *Wizards & Dungeons*. Je pense pouvoir la retrouver. La police ne saura pas où c'est. Je dois l'aider !

Il réfléchit en se grattant la tête.

– D'accord. Si je viens avec toi. Donne-moi une seconde.

Il disparut dans la chambre parentale.

Meg l'attendit dans le couloir. Elle l'entendit expliquer la situation à sa mère avant de s'habiller rapidement. Elle envisagea un instant de courir jusqu'à la voiture et de filer avant qu'il ne ressorte. Mais quelque chose la retint. Elle se rendit compte qu'elle était plutôt rassurée qu'il l'accompagne.

Les dangers de la forêt de Fear Street n'étaient pas qu'un fantasme. Il y avait déjà eu plusieurs disparitions dans ces collines sombres qui s'étendaient sur des kilomètres au bout de la rue. Des accidents bizarres, inexplicables, s'y déroulaient régulièrement. Les journaux parlaient d'arbres qui s'abattaient sans raison, d'animaux réputés craintifs qui s'attaquaient brusquement aux promeneurs...

Le plus étrange à propos de ces bois, c'était qu'aucun oiseau ne s'y aventurait jamais. Pas un pour grignoter les baies sauvages, happer des vers de terre dans le sol ou construire un nid dans les branches. Au fil des ans, plusieurs équipes de chercheurs universitaires étaient venues de tout le pays enquêter sur cette curieuse absence de volatiles. Elles étaient toutes reparties aussi perplexes qu'à leur arrivée.

– Prête ? lança M. Dalton en ressortant dans le couloir vêtu d'une grosse chemise à carreaux. Je vais chercher deux lampes torches et on y va. Tu me raconteras tout en chemin.

Il n'y avait pas grand-chose à raconter, en réalité. Pendant qu'ils roulaient dans les rues désertes et silencieuses en direction de Fear Street, Meg lui expliqua que Tony et Brian étaient allés jouer à *Wizards & Dungeons*. Puis elle lui parla du coup de fil de M. Colavito.

– Ne me dis pas que Tony est fan de ce jeu ? lança son père.

– Non, répondit Meg. Pas vraiment.

– Ça m'aurait étonné. Ce n'est pas son genre.

Meg se sentait trop fatiguée pour lui demander ce qu'il voulait dire par là. Elle savait qu'il n'aimait pas beaucoup Tony. C'était sûrement une manière détournée de se moquer de lui. Toutefois elle n'avait aucune envie de se laisser embarquer dans une telle discussion. Elle voulait simplement se concentrer, penser à Tony et à Brian, et espérer qu'ils allaient bien.

Lorsqu'ils tournèrent dans Fear Street, le ciel parut s'assombrir. Meg comprit que c'était à cause des arbres qui surplombaient la rue. Ils dépassèrent le vieux cimetière et suivirent la longue rue sinueuse jusqu'au bout.

Ils distinguèrent des feux tournoyants : la police était déjà là. Deux véhicules de patrouille étaient en effet garés à l'orée du bois. En les voyant, Meg sentit l'inquiétude lui nouer la gorge.

Elle bondit hors de la voiture avant même que son père ait serré le frein à main et courut sur le sol mouillé, à moitié aveuglée par les gyrophares, refoulant sa peur le plus loin possible.

– Oh, pardon, dit-elle en bousculant le père de Tony, appuyé contre une des deux voitures noir et blanc.

Il avait les yeux rouges et brillants dans la lumière crue. Il pointa le doigt vers la forêt.

– Ils sont quelque part là-dedans. Les flics ont découvert des empreintes. Ils vont les retrouver.

De toute évidence, il avait bu. Meg avait du mal à comprendre ce qu'il marmonnait.

Son oncle Sid et sa tante Marge, les parents de Brian, vinrent à sa rencontre, ravagés par l'angoisse.

– Meg, tu n'avais pas besoin de venir, dit Sid en lui pressant le bras comme pour s'assurer qu'elle était bien là. Je suis sûr que Brian et Tony sont tranquillement... Oh. Salut, Todd.

Le père de Meg était apparu derrière elle, le visage grave, l'air mal à l'aise.

– Aucun signe d'eux ?

– Pas encore. Mais ils sont là, répondit Marge dans un murmure.

Elle détourna les yeux.

– Je ne sais pas pourquoi Brian aime tant ce jeu... dit Sid. Il a dû perdre la notion du temps. Ça lui arrive souvent, ces jours-ci.

– C'est certainement ça, répliqua le père de Meg, sans conviction.

Il observa le père de Tony, toujours appuyé contre une des voitures de patrouille, le regard dans le vague. Il fronça les sourcils puis parut se souvenir des lampes torches qu'il tenait.

– Allons-y. On peut toujours aider les policiers à les chercher.

Il passa l'une des deux lampes au père de Brian.

Sid tendit la main pour la prendre, mais Marge le retint par la manche.

– Non. La police nous a recommandé de rester près des voitures, pas de nous perdre dans les bois.

– Je ne vais pas rester ici les bras croisés, protesta M. Dalton. Personne ne m'a rien dit, à moi.

– Je viens avec toi, déclara Meg en saisissant la lampe torche. Je sais où est la grotte dans laquelle ils jouent. Suis-moi.

M. Dalton hésita brièvement. Quand il vit son expression décidée, il lâcha la deuxième lampe.

– D'accord. Mais tu restes près de moi, compris ?

Meg acquiesça, alluma sa lampe et s'engagea résolument dans les bois. Le sol était tapissé de feuilles mortes et de brindilles. Un instant, Meg crut que quelqu'un les suivait et elle s'immobilisa pour tendre l'oreille. Ce n'était que l'écho de leurs pas qui résonnait entre les arbres.

– Quand on les aura retrouvés, j'aurai deux mots à leur dire, à ces loustics, bougonna M. Dalton en balayant le sol devant lui avec son faisceau lumineux. (Il trébucha sur une racine et mit un genou par terre mais se releva aussitôt.)

Je vais leur apprendre, à nous faire des frayeurs pareilles !

Meg ne dit rien. Elle pensait à Evan. Et à Brian. Brian, qui avait trouvé Evan dans ces mêmes bois, tué d'un coup de fusil.

Le père de Meg bifurqua sur la gauche. Elle vit sa lampe clignoter entre les troncs. Perdue dans ses réflexions, elle ne s'était pas rendu compte qu'ils s'étaient éloignés l'un de l'autre.

Elle frissonna. L'air était humide et froid. On ne se serait jamais cru au printemps. Les grenouilles arboricoles se mirent à coasser toutes ensemble, en une cacophonie lugubre. Meg entendit un battement d'ailes dans les branches. Pas un oiseau, puisqu'il n'y en avait pas ici. Sans doute une chauve-souris.

– TONY ! cria-t-elle tout à coup.

Elle ne reconnut pas sa propre voix. On aurait dit celle d'une de ces filles terrorisées dans les mauvais films d'horreur. « *Les Griffes de la nuit*, pensa-t-elle. Freddy est de retour. Freddy est de retour !

Arrête un peu tes bêtises, se reprocha-t-elle. Ce n'est pas drôle. »

– TONY ! TONY !

Peu importait sa voix. Elle voulait juste le retrouver.

Une silhouette détala derrière le tronc noueux d'un érable. Une bestiole... ou quelqu'un ?

– TONY ? BRIAN ? VOUS ÊTES LÀ ?

Non. Ce n'était qu'un animal, un raton laveur, qui se faufila prestement hors du faisceau de sa lampe pour se réfugier dans le noir.

Sans réfléchir, elle le suivit en tâchant de le garder dans la lumière. Elle s'arrêta quand elle s'aperçut qu'elle était en train de s'égarer. Elle essaya de revenir sur ses pas en promenant sa lampe tout autour d'elle. Les grenouilles arboricoles cessèrent leurs coassements aussi soudainement qu'elles avaient commencé. À présent, on ne percevait plus que le craquement des feuilles mortes sous ses semelles et...

– Papa ?

Où était-il passé ? Elle ne voyait plus le point lumineux de sa torche !

– Papa ? Hé, papa !

Pas de réponse.

Elle s'était trop écartée, à suivre ce stupide raton laveur, absorbée par ses pensées morbides. Et désormais elle était seule. Au moins jusqu'à ce qu'elle le retrouve. Ou jusqu'à ce qu'elle tombe sur Tony et Brian.

– TONY ? TONY, TU M'ENTENDS ?

Où était la police ? Et les gyrophares ? Sur quelle distance avait-elle marché ? Et dans quelle direction ?

Elle pivota sur elle-même. Deux fois. C'était le noir tout autour.

– TONY ? BRIAN ?

Elle monta au sommet d'une butte en dérapant sur les feuilles humides. Les bois de Fear Street étaient accidentés. Les collines et les fossés rendaient les promenades dangereuses même en plein jour. De nuit, il était impossible de ne pas trébucher.

– TONY ? PAPA ?

Silence.

« Je n'ai pas peur », se dit-elle. Ah oui ? Dans ce cas, pourquoi avait-elle la gorge nouée comme ça ? Et pourquoi cette sensation d'avoir les jambes en coton ? Pourquoi sentait-elle son cœur tambouriner dans sa poitrine ?

« Non. Je n'ai pas peur. Enfin, pas plus que ça. »

– PAPA ?

Sa voix paraissait si faible. Elle essayait de crier mais n'y parvenait pas. Elle avait la bouche tellement sèche.

– PAPA ? TONY ?

Où étaient-ils ?

Où se trouvait-elle ?

Elle fit quelques pas puis rebroussa chemin. Elle prit un buisson pour la silhouette d'un homme penché sur elle. Elle s'en écarta d'un bond, et son rythme cardiaque s'emballa.

Elle fit quelques pas de plus. Mais était-elle en train d'avancer, ou de revenir en arrière ? Elle éclaira les sous-bois avec sa torche. Elle était en train de tourner en rond. À moins que ce ne soit la forêt qui tournait ?

« Arrête ! »

Elle repartit d'un pas résolu – prudent, mais résolu. Des brindilles craquaient sous ses pieds avec un bruit sinistre. Un petit animal à la fourrure grise détala devant elle.

– TONY ? PAPA ? EST-CE QUE QUELQU'UN M'ENTEND ?

Elle s'immobilisa de nouveau.

Les craquements de brindilles continuèrent pendant quelques secondes.

Elle fit volte-face.

– Qui est là ?

Silence.

Était-ce un tour de son imagination ? On aurait dit des pas.

Elle se remit en marche. Et perçut un bruit derrière elle.

Elle se figea.

– Tony ? C'est toi ? Brian ?

Elle promena sa torche entre les arbres en décrivant un large cercle. Personne.

Y avait-il quelqu'un qui rôdait dans les bois, un *inconnu* ?

Elle repartit en pressant l'allure. Les pas qu'elle croyait entendre derrière elle accélérèrent aussi. Elle se mit à courir malgré le sol glissant et irrégulier.

Mais son poursuivant était plus rapide.

– AAAAAH !

Une main vigoureuse la retint par l'épaule.

12

Vendredi, très tard dans la nuit

Sa lampe torche fut projetée dans les airs. Elle atterrit dans les feuilles, où sa lumière fut masquée. Meg essaya de se dégager. Mais son agresseur la serrait comme une brute. Elle avait du mal à respirer. La douleur qu'elle ressentait dans l'épaule descendit dans son bras, son flanc, pour se répandre dans tout son corps.

L'autre s'approcha tout près. Elle sentit son souffle chaud sur sa joue. Son haleine empestait l'oignon et la graisse de friture.

– *Je t'avais prévenue : oublie cette fichue fête.*

Il avait murmuré ces mots avec une telle intensité qu'on aurait dit un rugissement.

Dans un sursaut désespéré, elle parvint enfin à s'arracher à l'étreinte suffocante. Elle fit un pas dans le noir... et lâcha un cri en sentant le sol se dérober sous ses pieds. Elle tendit les mains pour se rattraper à quelque chose. Mais il n'y avait rien devant elle.

Elle dégringola dans une pente abrupte, la tête la première, et se mit à rouler. Elle se cogna le crâne contre une masse dure, une pierre, ou peut-être une souche.

Des points lumineux se mirent à danser devant ses yeux, au rythme d'une douleur lancinante.

Puis elle perdit connaissance.

Quand elle rouvrit les paupières, en proie à un violent mal de tête, elle ne savait plus où elle se trouvait. Elle chercha du regard son plafond, son placard, son bureau. Mais elle n'était pas dans sa chambre.

Elle était allongée à même le sol, sur un amas de feuilles mortes et de végétaux en décomposition.

Elle s'assit, et la mémoire lui revint.

– Ohé ?

Elle tenta de crier, sans réussir à émettre un son. Levant la main, elle ôta quelques brindilles de ses cheveux.

« Je dois encore être dans un bel état, déplora-t-elle intérieurement.

Hé, ça va pas, non ? C'est bien le moment de penser à ça ! »

Elle avait une feuille morte collée sur la nuque. Elle la détacha et fut prise d'un début de nausée. Elle la refoula. Elle respira profondément, plusieurs fois, pour combattre le vertige.

Puis elle se leva.

Et vit le corps à ses pieds.

Du moins, une partie du corps. Un sweat-shirt remonté à la taille, déchiré dans le dos. Un jean. Un bras.

Une minute. Voyait-elle vraiment quelque chose ? Ou avait-elle des hallucinations à cause de sa chute ?

Elle se laissa tomber à genoux pour l'examiner de plus près. Pas d'erreur, c'était bien un corps. Qui remua soudain en gémissant.

La personne était encore en vie.

Mais ces taches sur son sweat-shirt. Ces taches...

Meg tendit la main pour lui toucher la manche. Elle retira vivement ses doigts en sentant un liquide chaud. Du sang.

Elle contourna le corps à quatre pattes et le retourna pour voir son visage.

« Brian.

Pas Tony. Brian. »

Elle se sentit coupable de penser ça. Mais c'était plus fort qu'elle. Elle ne put s'empêcher de ressentir du soulagement.

– Brian, tu m'entends ? Réveille-toi !

Il gémit de nouveau, mais ne bougea pas. Il avait la bouche en sang.

Elle vit son visage dans la lumière. Il était gonflé et sanguinolent.

La lumière ?

Quelqu'un braquait une lampe torche sur eux.

– Meg ? Que... Qu'est-ce que tu fais là ? lança une voix familière depuis le talus.

– Tony, c'est toi ? Tu n'as rien ? Tu vas bien ?

Il se laissa glisser à bas de la pente. Puis il courut la rejoindre, la souleva du sol et la serra dans ses bras.

– Tony, j'étais morte d'inquiétude ! Oh, je suis tellement contente de te voir ! Quelqu'un m'a attrapée, je suis tombée dans ce trou et...

Il l'étreignit fort, pressant sa joue contre son front.

– Chut. Ça va aller, maintenant, lui promit-il tout bas.

– Mais Brian, commença-t-elle. Il... Il est...

Elle sentit Tony se crisper. Il se détacha d'elle et recula d'un pas.

– J'ai voulu retourner chercher de l'aide, expliqua-t-il, et je me suis perdu. Je ne savais plus dans quelle direction était la rue.

– Que s'est-il passé ? s'écria Meg, sentant la panique la gagner de nouveau à l'instant où Tony l'avait lâchée.

– Brian est tombé dans le noir. J'imagine qu'il n'avait plus de piles et qu'il a voulu continuer sans sa torche. Je ne l'ai pas vu tout de suite, j'ai mis un moment à le localiser. Ensuite, je suis parti chercher les secours.

– Mais je ne comprends pas pourquoi...

– Comment l'as-tu trouvé, toi ? demanda Tony. Et d'ailleurs, qu'est-ce que tu fais ici ?

– Quelqu'un m'a empoignée par-derrière. Je me suis débattue et j'ai glissé, expliqua-t-elle. (Elle chercha sa main à tâtons et la prit dans la sienne.) Oh, tu t'es coupé !

Tony dégagea sa main.

– J'ai dû m'égratigner avec une branche en courant. Qui t'a empoignée ?

Il lui parlait avec beaucoup de tendresse, le visage déformé par l'inquiétude.

Cela voulait dire qu'il tenait toujours à elle. Malgré la frayeur qu'elle venait d'avoir, elle se sentit étrangement soulagée.

– Je n'ai pas vu son visage. Tout s'est passé si vite.

– PAR ICI ! PAR ICI ! ILS SONT LÀ !

– ÇA VA, LES MÔMES ?

Les cris s'accompagnaient de cercles de lumière entre les branches, et quelques secondes plus tard deux policiers apparurent, suivis du père de Meg.

– Tu n'as rien ? s'écria-t-il en se précipitant pour prendre sa fille dans ses bras. Je te croyais derrière moi. Mais quand je me suis retourné, tu avais disparu.

– Où est ton copain ? sur l'un des policiers en braquant sa lampe sur le visage de Tony.

L'homme était jeune, remarqua Meg, et tout excité, comme si c'était la première fois qu'il se passait quelque chose pendant son service.

Tony plissa les yeux dans la lumière crue et pointa le fond du fossé.

– Juste là. Il est tombé. Je crois qu'il est blessé.

– Appelle une ambulance, lança le policier à son collègue, avant de descendre dans le fossé pour examiner Brian.

L'autre tourna les talons et partit au pas de course en direction des voitures.

– Il a l'air bien amoché, constata l'agent accroupi auprès de Brian en lui éclairant la figure.

Il paraissait décidément surexcité.

«Je pensais qu'on leur apprenait à rester impassibles en toutes circonstances ? », s'étonna Meg.

Brian remua et ouvrit les paupières. Il tenta de relever la tête mais le policier lui fit signe de rester allongé.

– Qu'est-ce qui s'est passé, fiston ? demanda l'homme en braquant de nouveau sa lampe sur le visage de Tony.

« C'est drôle, se dit Meg. Il n'a pas l'air plus vieux que Tony et il l'appelle "fiston". »

Ébloui par la lumière, Tony semblait très fatigué et très effrayé.

– Il est tombé, répéta-t-il. Je n'ai pas vraiment vu comment c'est arrivé.

– Sacrée chute, observa le policier.

Il éclaira le torse de Tony. Le sweat-shirt de ce dernier était boueux et tout déchiré.

– J'ai voulu aller chercher de l'aide, expliqua Tony. Mais je me suis perdu.

– Qu'est-ce que vous faisiez tous les deux dehors à cette heure-ci ?

Meg entendit une sirène d'ambulance dans le lointain.

– Rien de spécial, répondit Tony d'un air gêné. On jouait à un jeu.

– Tu parles d'un jeu, grommela le policier. (Il ôta son blouson pour en recouvrir

Brian.) Tiens, fiston. Ne prends pas froid. Ça va aller.

Brian leva les yeux vers lui. Il ne dit pas un mot. Il donnait l'impression de ne pas savoir où il était.

L'ambulance arriva quelques minutes plus tard. Deux ambulanciers descendirent dans le fossé et hissèrent Brian sur un brancard en toile.

– Je vais bien, déclara Brian. Je vous assure, ça va. (Il se tourna vers Meg sans la reconnaître.) Je vous dis que je vais bien ! insista-t-il.

Ils l'emportèrent en direction de l'ambulance malgré ses protestations.

– Ton père t'attend, dit M. Dalton à Tony, sans cacher sa colère. Moi, je vais aller prévenir Sid et Marge. On peut dire que vous nous avez fait une belle frayeur, tous les deux, avec vos bêtises.

Tony détourna la tête sans faire de commentaires.

– Si j'étais ton père, renchérit M. Dalton, tu serais privé de sortie jusqu'à l'année prochaine.

– Ouais, ouais, grommela l'adolescent.

– Pardon ? s'emporta le père de Meg.

– Papa, c'est bon, plaida celle-ci d'une voix conciliante. Ce n'est pas la faute de Tony. Lui aussi aurait bien voulu que ça se passe autrement. Ça devait être plutôt effrayant, de se perdre dans les bois en pleine nuit. Lâche-le un peu.

– J'ai essayé d'aller chercher du secours, répéta Tony.

M. Dalton le foudroya du regard. Puis son visage s'emplit de surprise quand il vit Meg de près pour la première fois.

– Que t'est-il arrivé ? Tu es couverte de boue.

– J'ai trébuché, prétendit-elle.

Elle se sentit rougir. Heureusement, il ne pouvait pas vraiment s'en apercevoir à la lumière des lampes torches.

– Je n'ai pas vu le fossé, et sa pente est plutôt raide.

– Pauvre Brian, marmonna Tony.

– Pauvre Brian ? C'est un peu tard pour les regrets, non ? répliqua M. Dalton d'un ton cinglant. C'est un peu tard pour tout. J'espère que, maintenant, vous y réfléchirez à deux fois avant de vous perdre dans les bois pour jouer à votre jeu stupide.

Il partit d'un pas rageur, tel un ours venant de se faire chiper son poisson.

Meg et Tony le suivirent plus lentement. La jeune fille prit le bras de Tony et s'appuya tendrement contre lui tout en avançant.

– Qu'est-ce qui t'a pris de venir jouer là avec Brian ? demanda-t-elle tout bas, pour que son père ne les entende pas.

Tony haussa les épaules.

– Je ne sais pas. Je me suis dit que ça pourrait être marrant.

– Je croyais que ce genre de jeu ne t'intéressait pas ? dit Meg, ralentissant l'allure pour mettre encore plus de distance entre son père et eux.

– Je n'ai jamais dit ça, protesta Tony, sur la défensive. J'ai voulu voir en quoi ça consistait, c'est tout. Simplement, je ne me doutais pas que Brian prenait ça tellement au sérieux. Dès qu'on s'est enfoncés dans les bois, il s'est mis à... changer. Il jouait un magicien du troisième niveau ou je ne sais quoi. Sauf qu'il est entré *complètement* dans la peau de son personnage. On aurait dit qu'il n'était plus lui-même. Ça m'a fichu la trouille.

– Et toi, tu jouais quel rôle ?

– Euh... un guerrier, je crois. C'était trop bizarre.

– *Toute* cette histoire est bizarre. Tu ne t'es jamais entendu avec Brian, et brusquement...

– C'est faux, la coupa Tony avec colère. (Il dégagea son bras.) Combien de fois faut-il que je te le dise ? J'étais curieux, c'est tout. Ça t'amuse, de faire des contre-interrogatoires ? Tu n'as qu'à t'inscrire en fac de droit, dans ce cas !

– Désolée, s'excusa-t-elle, surprise par sa réaction. Je ne voulais pas insinuer quoi que ce soit. Moi aussi j'ai passé une mauvaise nuit, tu sais ?

Il parut soudain se rappeler qu'elle avait été attrapée dans le noir par un inconnu. Son expression se radoucit. Il baissa la tête.

– Ce serait plutôt à moi de te demander pardon, marmonna-t-il. Alors c'est vrai, tu n'as pas vu le type qui t'a bousculée ?

– Non. Il faisait trop noir. Et puis, ça s'est déroulé si vite. Il m'a arraché ma lampe torche, puis il m'a empoignée. Il m'a glissé un truc à l'oreille à propos de la fête. C'est là que je suis tombée dans le fossé.

– Quoi ? Un truc à propos de la fête ? (Tony posa les deux mains sur ses épaules.) Répète-moi exactement ce qu'il t'a dit.

– Il a dit : « Je t'avais prévenue d'oublier cette fête. » Ou quelque chose comme ça. Il avait l'air furieux, un vrai malade. J'étais terrorisée. Il m'a chuchoté ça à l'oreille. Son haleine était brûlante. Et tu aurais vu comme il m'a serré l'épaule ! D'ailleurs, j'ai encore mal.

Tony parut profondément inquiet.

– Tu crois qu'il t'a filée jusqu'ici ? Qu'il s'était posté devant chez toi et qu'il t'a suivie dans les bois ?

– Je ne sais pas. Je ne sais plus quoi penser. Hier soir, quand je suis rentrée de chez Shannon, une voiture a essayé de m'écraser. J'ai peur, Tony. Je...

– Oh, non. Non, non, non. Je suis tellement soulagé que tu n'aies rien, dit Tony en la prenant dans ses bras. Tout ça va trop loin, Meg. Beaucoup trop loin. Il faut laisser tomber cette idée de fête, maintenant.

– Quoi ?

– Ça devient trop dangereux. Promets-moi que tu vas y renoncer.

– Pas question, rétorqua Meg avec une détermination farouche. Tu me connais mieux que ça, non ? Je ne vais pas me laisser intimider. Je vais organiser une grande fête pour Ellen. C'est la seule manière de découvrir qui est derrière tout ça !

Tony la lâcha. Il la regarda droit dans les yeux, puis détourna la tête.

« J'adore le voir se faire du souci pour moi. »

– Tu as l'air tellement contrarié, fit-elle observer. À quoi tu penses ?

– Je me dis que tu commets une grosse erreur, répondit-il. Tu ferais mieux d'y réfléchir sérieusement, Meg. Celui qui a essayé de t'écraser l'autre soir, ou qui t'a empoignée dans les bois tout à l'heure, c'était peut-être sa manière de te montrer qu'il pourrait faire bien pire...

13

Dimanche après-midi

Le dimanche, un dimanche chaud et ensoleillé qui sentait davantage l'été que le printemps, Meg dormit tard, s'offrit un long et copieux petit déjeuner à base de pancakes et de bacon, puis marcha jusqu'à North Hills pour rendre visite à Brian. Ce n'était pas exactement la manière dont elle aurait choisi de passer son dimanche après-midi, mais ses parents avaient insisté, lourdement, en lui expliquant combien ce serait apprécié par son cousin, qui n'avait pas le droit de quitter sa chambre parce que les médecins estimaient qu'il pouvait avoir des dommages internes. Alors elle avait fini par céder.

Brian habitait une immense maison blanche au-dessus de la rivière. Avec ses imposantes colonnes de part et d'autre de l'entrée, elle faisait penser à la demeure d'un riche planteur du Sud. Quand elle était petite, Meg adorait explorer ses longs couloirs tapissés de moquette, jeter un coup d'œil dans chaque pièce, jusqu'à ce que quelque chose lui fasse peur et qu'elle retourne en courant auprès des autres, généralement dans le grand salon ou la bibliothèque.

Cette maison était trop vaste, trop vieille, trop... effrayante. Pas étonnant que Brian soit devenu aussi bizarre !

En remontant à pied l'allée bordée de haies soigneusement taillées, Meg aperçut une Taurus bleue familière garée devant puis vit Cory Brooks et son ami David Metcalf sortir sur le perron. Elle remarqua tout de suite qu'ils n'étaient pas en train de sourire ou de plaisanter comme d'habitude.

– Tiens, salut, Meg. Ça va ? lui lança Cory.

Elle se demanda s'il était content de la voir, ou simplement soulagé de quitter la maison de Brian.

– Ça va, merci.

– Tu as l'air en forme, approuva David.

Meg se sentit gênée. Elle se souvint soudain qu'elle ne s'était même pas brossé les cheveux. Elle venait juste voir Brian, après tout. Elle n'avait pas prévu de croiser qui que ce soit d'autre.

– J'ai appris, pour ce qu'on avait mis dans ton sac, l'autre jour, dit Cory d'un ton compatissant.

– Super déjeuner. Je ne savais pas que tu étais une vampire, renchérit David en s'esclaffant.

La plaisanterie ne fit rire que lui.

– C'était de la peinture rouge, répliqua Meg sèchement. Néanmoins, c'est vrai que ça ressemblait beaucoup à du sang.

– Quelle blague pourrie, commenta Cory.

– Je ne suis pas sûre qu'il s'agissait d'une blague, répliqua Meg, qui frissonna en dépit de la chaleur.

– Ah oui. Lisa m'a dit que quelqu'un cherchait à te faire peur.

Cory secoua la tête. Et soudain, il ouvrit grande la bouche et écarquilla les yeux.

– Lisa ! Oh, non ! Je l'ai complètement oubliée ! Je devais passer la prendre il y a une heure !

Il courut à sa voiture, suivi de David.

– Hé ! lui cria Meg. Comment va Brian ?

– Pas terrible ! lui répondit Cory en démarrant.

David s'empressa de grimper côté passager.

– Il ne dit pas grand-chose, précisa-t-il avant de claquer sa portière. Et quand il parle, on ne comprend rien à ce qu'il raconte.

« Ça, c'était déjà le cas avant sa chute », se dit Meg. Elle s'en voulut aussitôt de penser cela de son pauvre cousin cloué au lit. Elle regarda Cory accélérer dans l'allée circulaire et foncer en direction de chez Lisa, quelques pâtés de maisons plus loin. Elle suivit la voiture du regard jusqu'au premier carrefour, songea qu'elle ne pouvait pas différer sa corvée plus longtemps, monta les marches du perron et sonna à la porte.

– Oh, bonjour, Meg. Ta mère m'a dit que tu passerais. Brian va être content de te voir.

– Bonjour, tante Marge. Comment va-t-il ?

La tante de Meg se mordilla la lèvre inférieure. Elle paraissait soucieuse.

– Oh... Il va se remettre, je crois. Il est juste un peu... désorienté. C'est le choc, tu comprends.

– Oui. J'imagine qu'il a été secoué, déclara Meg avec maladresse.

Elle ne savait pas du tout quoi dire. Elle traversa la spacieuse salle à manger ornée de miroirs puis s'engagea dans le couloir qui menait à la chambre de son cousin.

– Il se sent moins mal qu'il n'en a l'air, lui lança la mère de Brian depuis l'entrée.

– Merci de me prévenir, répondit Meg.

Elle regarda brièvement par-dessus son épaule. Tante Marge semblait avoir pris dix ans d'un coup.

Meg continua jusqu'à la chambre de Brian, s'arrêta devant la porte et prit le temps de plaquer un sourire sur son visage. Elle était venue remonter le moral à son cousin, après tout.

Elle frappa, puis poussa le battant. Brian leva les yeux vers elle mais ne chercha pas à s'asseoir dans son lit.

– Brian, c'est toi ? s'écria-t-elle.

« Ah, bravo, Meg. Magnifique entrée en matière ! Pourquoi ne pas avoir directement dit : "Waouh ! Si tu voyais ta tête ! On te croirait tout droit sorti d'un hachoir à viande !" Vas-y, dis-lui franchement à quel point il fait peur à voir. Ça va lui redonner le sourire, ça. »

– Salut, Meg, répondit Brian.

Sa voix était ferme mais il avait la joue droite tellement enflée qu'il articulait avec difficulté. Il avait un œil au beurre noir, à moitié fermé, et une vilaine entaille au menton qui avait visiblement nécessité plusieurs points de suture.

– Brian, tu nous as fait une superbe chute ! Tu n'as jamais pensé à devenir cascadeur ?

Il essaya de rire mais ne parvint qu'à émettre une sorte de sifflement rauque.

– Un magicien n'a pas besoin de savoir faire des cascades, rétorqua-t-il.

À ce que Meg crut comprendre, du moins. Car il parlait si bas qu'elle distinguait à peine ses mots.

– Je ne t'ai pas apporté de fleurs ou de chocolats, s'excusa-t-elle avant de s'asseoir prudemment sur le bord de son lit. Je n'étais pas sûre que ça te plairait.

Il la dévisagea avec son œil valide sans faire de commentaires.

– Y a-t-il quelque chose qui te ferait plaisir ? N'importe quoi que je pourrais t'apporter ? Je ne sais pas, moi, tes devoirs, peut-être ?

Elle lâcha un petit rire, un peu forcé mais qui paraissait sincère. Il ne parut pas l'entendre.

– De quoi j'ai l'air ? demanda-t-il d'une voix indifférente.

– Eh bien... euh... pas super.

Elle n'allait pas lui mentir. Il avait des miroirs. Il s'en rendrait bien compte tout seul.

– Disons que tu as connu des jours meilleurs.

Il sembla prendre le temps de digérer la réponse. Puis il marmonna quelque chose à propos de ce qu'on ne pouvait pas changer. Meg ne comprit pas très bien.

– Ça ira peut-être mieux pour moi après la fin des cours, dit-il un peu plus fort, plus distinctement.

– Je suis sûre que tu vas te sentir mieux très vite, dit-elle. Ils ne te donnent pas des antidouleurs ?

– Si, je crois.

Il détourna la tête.

– En même temps, tu l'as bien cherché, cette fois, fit observer Meg, sur un ton qu'elle aurait voulu léger mais qui sonnait comme un reproche.

– Si tu es venue pour me dire ça, bougonna Brian, ça ne m'aide pas.

– Désolée. Je me suis mal exprimée, s'empressa de s'excuser Meg.

Elle ne pouvait toujours pas s'empêcher de l'asticoter, visiblement. Depuis leur enfance, elle n'avait jamais réussi à le supporter plus de quelques minutes. Elle aurait pourtant pu faire un effort. Il avait vraiment l'air d'être passé sous un camion.

Elle se souvint soudain des soupçons de Shannon à propos de son cousin, et du drame survenu l'année d'avant dans les bois de Fear Street. Brian avait-il un secret – un noir secret qu'il aurait gardé enfoui en lui pendant tout ce temps ?

– Qu'est-ce que vous faisiez dans la forêt à une heure pareille, Tony et toi ? lui demanda-t-elle alors.

Elle se pencha légèrement et le regarda bien en face, espérant ainsi encourager une réponse directe.

Il commença par garder le silence. Puis, d'une voix sépulcrale, il déclara :

– Le guerrier est venu et s'est battu pour son honneur.

– Brian, franchement...

Meg sentit monter la colère mais parvint à se dominer.

– Seulement, le magicien a plus d'un tour dans son sac.

– D'accord, Brian. D'accord. Donc vous étiez en train de jouer à *Wizards & Dungeons*, c'est ça ?

– Le combat n'est pas encore fini, ajouta-t-il mystérieusement.

Meg comprit qu'il valait mieux changer de sujet. De toute évidence, Brian n'avait pas envie de parler de ce qui s'était passé.

– Tu penses revenir au lycée à temps pour les examens de fin d'année ? demanda-t-elle avec un sourire.

Il ne répondit pas.

– Les élèves de terminale sont déjà en vacances, continua-t-elle. Ils n'attendent plus que la remise des diplômes. On prévoit de la pluie mardi, alors la cérémonie se tiendra peut-être dans l'auditorium.

Là encore, il ne fit aucun commentaire. Il la dévisagea avec attention. Il donnait l'impression de réfléchir, de peser le pour et le contre, d'hésiter à lui dire quelque chose.

Elle décida de lui tendre une nouvelle perche :

– C'est toi qui as proposé une partie à Tony, ou bien c'est lui qui voulait y jouer ?

– Je dévoilerai tout dès que j'aurai atteint le quatrième niveau et que je maîtriserai tous mes pouvoirs de magicien, promit Brian.

Nom de Dieu. Elle aurait voulu le secouer comme un prunier. Ses histoires de magicien lui sortaient par les yeux.

Pourquoi s'obstinait-il à ne pas répondre ? Elle avait besoin de savoir ce qui s'était passé dans la nuit de vendredi du côté de Fear Street. Était-ce l'idée de Tony d'aller jouer dans les bois ? Brian l'avait-il forcé à l'accompagner ? Tony refusait d'en parler et, manifestement, Brian aussi. Pourquoi ? Avaient-ils peur de quelque chose, ou de quelqu'un ?

– Tu as l'air fatigué, Brian. Je vais te laisser.

Elle se leva et s'étira.

– Merci, dit-il doucement.

« Merci d'être venue ? Ou merci de t'en aller ? »

– Tu te sentiras mieux très vite, dit-elle. Tu as juste besoin de te reposer.

– Merci, répéta-t-il.

Elle se pencha et lui pressa la main avec douceur. Elle la trouve molle et flasque, comme une pêche trop mûre.

Alors qu'elle allait partir, il la retint par le poignet. Et la tira vers lui avec une vigueur surprenante. Elle attendit qu'il s'explique mais il se contentait de la fixer en silence.

Elle patienta un long moment, sans chercher à se dégager, le laissant prendre son temps pour parler.

– Je... J'ai un truc à t'avouer, bredouilla-t-il enfin, avant de la lâcher.

– Quoi ?

Elle n'était pas certaine d'avoir entendu correctement. Elle baissa les yeux sur sa descente de lit. C'était trop pénible de contempler d'aussi près son visage bouffi et violacé.

– Euh... non, rien, répondit-il en changeant d'avis.

Il tourna la tête vers l'extérieur.

Des nuages vinrent masquer le soleil, et la chambre s'assombrit. La brise qui s'insinuait par la fenêtre devint froide, humide. Un nouvel orage se préparait.

Meg frissonna – mais pas à cause du vent. Elle avait un mauvais pressentiment. À propos de ce que Brian avait failli dire, de ce qu'il avait envie d'avouer.

Elle inspira profondément.

– Brian, dit-elle. Regarde-moi.

Il revint face à elle.

– Brian... C'est toi qui as passé ce coup de téléphone ? C'est toi qui m'as appelée ?

– Oui, reconnut-il. C'est moi.

14

Dimanche après-midi

– Hein ?

Elle n'avait pas imaginé qu'il avouerait aussi vite, aussi facilement. Il avait dit cela avec un tel détachement qu'elle avait du mal à le croire.

Elle attendit qu'il s'excuse, qu'il tente de se justifier, mais il la regardait sans rien dire.

La chambre s'assombrit encore. Elle fit le tour du lit pour allumer la lampe de chevet. Sa lumière jaune tomba en biais sur le visage de Brian, plongeant dans l'ombre son œil au beurre noir et sa mâchoire enflée. Il en parut d'autant plus amoché.

– Donc tu le reconnais ? C'est bien toi qui m'as appelée ?

Sa voix lui parut plus stridente qu'elle ne l'aurait voulu. Mais la nonchalance de son cousin lui portait sur les nerfs.

– Oui, répéta-t-il avec un mince sourire. Je voulais...

Il allait ajouter quelque chose quand ils furent interrompus. Le père de Brian passa la tête dans la chambre d'un air soucieux.

– Ça va, vous deux ? leur lança-t-il.

– Oui, oui, oncle Sid, se hâta de répondre Meg.

– Comment te sens-tu, Brian ? demanda-t-il à son fils.

– Bien, répondit l'intéressé après une brève hésitation.

– Je peux vous apporter à boire ? Un Coca, un thé ?

– Non. Non, merci, oncle Sid. C'est gentil.

Il les laissa à contrecœur. Meg l'écouta s'éloigner dans le couloir avant de se retourner vers Brian.

– Tu allais me dire quelque chose. À propos du coup de téléphone.

– Ah oui. (Brian la dévisagea avec son œil indemne.) Oui, je me souviens. Je t'ai appelée. Et je crois pouvoir ressusciter Evan.

– Ressusciter Evan ?

– Je détiens le pouvoir, Meg. J'ai atteint le quatrième niveau. Je pense pouvoir ramener Evan à la vie.

– Arrête tes conneries, Brian ! explosa Meg. (Elle se dressa au-dessus de lui, les traits déformés par la colère.) Je t'ai posé une question simple. Je veux une vraie réponse. Ne commence pas à me sortir tes bêtises à propos d'épée, de magie ou je sais pas quoi ! Dis-moi la vérité.

Brian parut soudain avoir très peur.

« Ce n'est quand même pas moi qui lui fais cet effet-là ? s'étonna Meg. De quoi a-t-il peur ? » Elle était bien décidée à tirer ça au clair avant de s'en aller.

– Tu m'as appelée, oui ou non ?

– Oui, je t'ai appelée, dit-il en regardant par la fenêtre. Plusieurs fois. Trois ou quatre, je crois.

– Hein ? Comment ça, plusieurs fois ? Et pourquoi ?

– Je voulais te mettre en garde... (Il s'interrompit.) Je ne peux pas en parler. Désolé... je ne peux pas.

– Me mettre en garde contre quoi, Brian ? insista Meg. Que cherchais-tu à prouver ?

Cela parut le mettre en colère. Son visage enflé devint écarlate.

– Je n'essayais pas de prouver quoi que ce soit. Je te l'ai dit. Je voulais juste te prévenir de...

– De... ?

– De faire attention. Mais je ne pouvais pas te le dire comme ça. Pas sans être obligé d'admettre... Bref, je n'ai pas osé. J'ai raccroché chaque fois avant que tu ne répondes.

– Pardon ?

Bon sang, de quoi parlait-il ? Elle avait cru qu'il avouait être l'auteur de ce coup de téléphone anonyme, de ces menaces susurrées dans l'écouteur. Se serait-elle trompée ?

– J'avais peur, Meg. Je ne peux pas t'expliquer. Franchement, je ne peux pas. Je suis désolé. Je t'en ai déjà trop dit.

– Qu'est-ce que tu ne peux pas m'expliquer, Brian ? Qu'est-ce que tu aurais été obligé d'admettre ?

Il secoua tristement la tête.

– Tu ne comprends vraiment pas, hein ?

– Qu'est-ce que tu aurais dû admettre ?

Elle se sentait confuse, et terriblement frustrée. Pourquoi ne voulait-il pas tout simplement lui expliquer ce qu'il avait en tête ?

– Désolé, Meg. Je ne peux rien te dire. N'insiste pas. Ça ne t'avancerait à rien. Ça ne ferait que nous attirer des ennuis à tous les deux. Je te préviens...

– Arrête de dire ça, Brian. Arrête de dire que tu me préviens. Je ne comprends rien à ce que tu racontes. Et tu ne m'expliques rien non plus.

Il s'assit alors dans son lit et lui saisit de nouveau le poignet. Il se pencha vers elle, approchant son visage tuméfié tout près du sien. À cette distance, dans l'éclairage médiocre de la chambre, il ressemblait à une créature de film d'horreur. Une odeur âcre de pommade antibiotique émanait de lui. Meg retint son souffle.

Il s'approcha encore plus près.

– Je te préviens, répéta-t-il tout bas. Il y a certaines choses que tu ne comprends pas. Certains dangers. De vrais dangers ! Dans les bois... ce n'était pas un accident. Je veux dire... Non, je ne peux pas. Il ne faut pas. Écoute-moi, Meg. Fais bien attention à toi. Je t'aurai prévenue...

« Il est en train de me menacer, se dit Meg.

Ce n'est pas un avertissement. C'est une menace. Mais pourquoi ? »

Il la lâcha enfin et se laissa retomber sur son oreiller. Il paraissait brusquement épuisé, à bout de forces.

– Brian...

Il lui tourna le dos.

Elle quitta la chambre en se frottant le poignet, suivit le long couloir tapissé de moquette et sortit par la grande porte. Elle s'arrêta sur le perron et s'adossa à l'une des colonnes, inspirant profondément pour se débarrasser de l'odeur d'hôpital qui flottait dans la chambre de Brian.

Quand elle leva la tête, elle vit quelqu'un s'avancer vers la maison.

– Ellen ?

– Oh ! (La bouche d'Ellen s'arrondit de surprise.) Meg ? Je ne savais pas que...

– Ellen, qu'est-ce que fais là ? s'écria Meg, stupéfaite.

– Oh, euh, je...

Ellen paraissait très embarrassée.

– Je ne savais même pas que tu étais déjà en ville !

– Eh bien, si. Je...

Meg serra sa vieille amie dans ses bras.

– Tu as l'air en pleine forme ! s'écria-t-elle.

Elle recula d'un pas. Ellen était toujours la même. Toujours aussi belle, sans le moindre maquillage. Ses cheveux étaient plus clairs, plus longs, mais toujours rejetés avec simplicité derrière ses épaules étroites. Elle avait toujours la même silhouette mince et élégante, et elle ressemblait toujours autant à Daryl Hannah.

Elle adressa à Meg un sourire gêné.

– Je suis arrivée il y a quelques heures seulement. J'avais l'intention de t'appeler.

– Je... Je suis tellement surprise, bafouilla Meg. J'ai levé la tête... et pouf, tu étais là !

– Je suis ravie de te revoir, dit Ellen avec raideur, se tournant vers l'imposante porte à double battant. Comment va Shannon ?

– Bien ! Elle va très bien, lui assura Meg. Elle est impatiente de te revoir !

– Je loge chez ma tante Amy. Pourquoi tu ne viendrais pas demain après les cours ? Avec Shannon ?

– D'accord. Super ! s'exclama Meg. Ça faisait si longtemps. J'ai plein de trucs à te raconter !

– Moi aussi, dit Ellen.

Elle resserra son imperméable en frissonnant. Elle avait toujours froid, quelle que soit la saison.

– À propos, qu'est-ce que tu fais là ? s'étonna Meg, se rappelant subitement qu'elles se tenaient sur le perron de la maison de son cousin.

– J'ai appris, pour Brian. Pour son accident, dans les bois. Alors je me suis dit que, tu sais... que je pourrais passer lui rendre une petite visite.

– Oh. C'est sympa, dit Meg. Il a vraiment besoin qu'on lui remonte le moral. Il ne va pas très fort.

– Ça a dû être horrible, dit Ellen en fermant les yeux. (Elle s'approcha et serra Meg dans ses bras.) On se voit demain, alors ?

– J'ai hâte. Tu as l'air en grande forme. Sincèrement !

– Merci.

Ellen s'avança vers la porte.

Meg descendit les marches, se retourna le temps de voir son amie disparaître à l'intérieur, puis s'empressa de rentrer chez elle avant qu'il ne se mette à pleuvoir. Sur le chemin, elle ne fit que penser à Brian, à sa tête épouvantable, à ses menaces à peine voilées.

Dès qu'elle fut de retour à la maison, elle fila dans sa chambre pour appeler Tony.

« S'il te plaît, Tony. Sois là. Décroche. »

– Allô ?

– Tony ? Salut. C'est moi.

– Oh, Meg. Ça va ?

– Euh... je ne sais pas trop. Je reviens de chez Brian.

– Ah oui ? (Cela parut piquer son intérêt, tout à coup.) Comment ça s'est passé ? Tu as une drôle de voix.

– Eh bien... je l'ai trouvé bizarre. Il m'a fait un peu peur, en fait. Il m'a raconté...

– Brian a fait quoi ? s'exclama Tony d'une voix tendue.

– Au début, il ne voulait rien me dire. Il a prétendu qu'il ne pouvait pas. Mais finalement...

Il y eut un long silence à l'autre bout du fil. Puis Tony lâcha dans un murmure :

– Finalement il a parlé, hein ?

Il semblait très contrarié.

– Il m'a prévenue...

– Écoute... commença Tony.

– Oh, mes parents sont rentrés. Je dois raccrocher. On continuera cette discussion plus tard, Tony.

– D'accord, convint-il. Alors Brian t'a parlé, hein ?

– Oui, il...

– Il faut qu'on discute, Meg. Ce soir.

– Non. Je ne peux pas ce soir. J'ai toujours mon devoir à finir et...

– D'accord. Alors demain, à la soirée chez David ? On n'aura qu'à se retrouver là-bas et aller quelque part, juste nous deux.

– Euh, ça marche. Super, dit Meg.

Elle était ravie. Tony avait tendance à fuir les discussions sérieuses, ces derniers temps. Et voilà qu'il proposait de l'emmener dans un coin tranquille pour parler, rien que tous les deux.

– On ira sur la falaise. On sera bien, là-haut.

– Quoi, tu veux dire au Saut des Amoureux ?

– C'est un beau coin, et personne ne viendra nous y déranger, dit Tony avec douceur. Ça fait longtemps qu'on ne s'est pas retrouvés en tête à tête. Ce sera chouette, Meg. Seulement toi et moi.

– D'accord. Sauf que ce n'est pas un peu dangereux ? s'inquiéta Meg.

– Avec moi tu n'as rien à craindre, lui assura Tony.

15

Dimanche après-midi

Tony serrait le combiné du téléphone à s'en faire blanchir les phalanges. Quand il le reposa violemment, sa main tremblait. Sa paume le picotait. Il se mit à la gratter furieusement avec les ongles de son autre main, de plus en plus vite, jusqu'à se mettre la peau à vif – sans parvenir à calmer ses démangeaisons pour autant.

Il avait la nuque froide et moite, les jambes flageolantes. Il s'allongea sur le canapé du salon, la tête sur un accoudoir, et contempla le plafond.

Ainsi, Brian avait tout balancé. Tu parles d'une surprise ! Cela faisait un moment que Tony se disait qu'il finirait par craquer. C'était le maillon faible. Le retour d'Ellen, avec ce projet de fête, lui fournissait l'excuse idéale pour soulager sa conscience.

Voilà pourquoi Tony avait dû prendre des mesures. Ne l'avait-il pas emmené dans les bois de Fear Street, ne lui avait-il pas flanqué une bonne correction pour le convaincre de se taire ?

Mais il avait quand même fini par parler.

Il avait *mouchardé*. C'était le mot qu'on utilisait dans les films de gangsters à la télé. Brian avait *mouchardé*.

Et maintenant, Meg était au courant pour l'année dernière...

Elle savait que c'était Tony qui avait tué Evan. Brian le lui avait révélé.

Tony lâcha un cri plaintif, un gémissement de regret, de douleur, de colère, et frappa du poing l'un des coussins du canapé.

Qu'allait-il faire, à présent ?

Une fois de plus, Tony se revit dans ces bois maudits. Il revit Ellen. Ainsi qu'Evan.

Il sentit de nouveau le poids du fusil entre ses mains – le fusil d'Evan. Ils se le disputaient, tentaient de se l'arracher en criant, tiraient de toutes leurs forces, encore et encore...

Et le coup était parti. Une détonation sourde. Presque comme l'explosion d'un pétard.

Evan s'était écroulé.

C'était Tony qui l'avait tué.

Ellen avait continué à hurler. Elle n'avait pas cessé de hurler pendant toute leur lutte, en fond sonore, comme une sirène d'alarme ou un réveil cassé. Assise sur le tronc d'un arbre abattu, elle tenait ses cheveux blonds à deux mains comme pour se cramponner à quelque chose et elle hurlait, le regard fixé sur Tony, sur le garçon qui venait de tuer Evan.

Sauf que Tony n'avait jamais eu l'intention de tirer.

Si ?

Il n'en était pas certain lui-même. Que lui était-il passé dans la tête, à ce moment-là ? Avait-il vraiment eu l'intention de tuer son ami, le petit ami d'Ellen ? Avait-il pensé qu'il *devait* le faire ?

Non.

C'était un accident. Juste un accident. Ils se battaient. Le coup était parti tout seul.

Parce que Tony avait *voulu* qu'il parte...

Non !

Tony avait *voulu* la mort d'Evan...

Non !

Ces pensées le rendaient fou.

Mais peut-être l'était-il déjà.

Que faire, à présent ? Que faire avec Meg ?

Il n'avait pas tellement le choix, n'est-ce pas ? Meg avait souhaité lui parler. Sans doute refusait-elle de croire ce que son cousin lui avait raconté. Ça lui ressemblait bien. Elle voulait sûrement entendre Tony lui dire que c'était faux, que toute cette histoire finirait par s'arranger.

« Si je nie tout en bloc, elle me croira », se dit-il.

Cependant cela ne réglerait rien. Il resterait toujours Brian. Ainsi qu'Ellen. Ellen qui pouvait parler et le dénoncer, elle aussi.

« Je n'aurais peut-être pas dû tabasser Brian. » Les yeux clos, il se remémora cette nuit dans les bois, leur bagarre, le choc de ses poings contre le torse de Brian, ses épaules, son ventre, et finalement son visage.

Brian avait tout de même parlé. Malgré la correction que venait de lui infliger Tony, après avoir tenu pendant presque un an, il avait craqué.

Et maintenant, Tony allait devoir s'occuper de Meg.

Brian ne comprenait-il pas le danger qu'il faisait courir à sa cousine en lui révélant comment Evan avait trouvé la mort ?

Non. Bien sûr que non. Brian n'y avait probablement pas songé une seule seconde.

Mais Tony ne pouvait pas laisser Meg le dénoncer. La laisser raconter à tout le monde qu'il était un meurtrier. Sa vie serait fichue. Définitivement.

Inutile d'espérer la convaincre de garder le secret. Cette fille était raide comme la justice. Jamais elle n'accepterait de se taire.

Il ne pouvait quand même pas l'éliminer... si ?

– Non ! s'écria-t-il à haute voix.

Il s'assit brusquement. Peut-être qu'en position assise ses oreilles cesseraient de bourdonner. Sa paume cesserait de le démanger.

Il ne pouvait pas la tuer. Et pourtant, il le fallait. Il allait devoir la pousser du haut de cette falaise.

Tout ça, c'était la faute de Brian. Il ne lui laissait pas le choix.

Désormais, c'était Meg ou lui.

Une simple poussée, et son secret serait à l'abri. Une simple poussée... Et puis, quel excellent avertissement ce serait pour Ellen – et pour Brian. Ils recevraient le message cinq sur cinq. Ils comprendraient qu'ils avaient intérêt à tenir leur langue.

Non, une minute. Il s'agissait de Meg, tout de même. Meg, Meg, Meg. Était-il sérieusement en train d'envisager de la tuer ? Comme ça, en la poussant dans le vide ?

Était-il vraiment un meurtrier, un assassin de sang-froid ?

Non !

Ou peut-être que si...

Meg avait semblé si inquiète, au téléphone. Si horrifiée. Comment pouvait-elle encore lui faire confiance ? Au point d'accepter de monter sur la falaise avec lui ? Elle était décidément trop naïve. Ou alors elle n'avait pas cru un traître mot des révélations de Brian...

Pourquoi l'aurait-elle cru, d'ailleurs ? Tout le monde savait que son cousin n'était pas net. Toujours à traîner dans les bois, à jouer à ce jeu stupide avec Dwayne.

« Je n'ai pas le choix, trancha-t-il. Je vais devoir éliminer cette pauvre Meg. Pour trois raisons. Un : elle en sait trop. Deux : ça servira d'avertissement à Ellen et à Brian. Trois : si elle meurt, la fête n'aura pas lieu.

Non, je ne peux pas faire ça. Pas à Meg...

Et pourtant il le faut.

J'ai déjà tué Evan, mon meilleur ami. Pourquoi pas Meg ?

Désolé, Meg. Tu me comprends, pas vrai ? Bien sûr que oui. Tu es toujours tellement compréhensive. »

16

Lundi après-midi

— Attends, tu n'as même pas appelé les flics alors que quelqu'un a essayé de t'écraser ?

— Non. J'aurais peut-être dû, mais non, reconnut Meg. Qu'aurais-tu voulu que je leur dise ? Je n'ai même pas bien vu la voiture. Il faisait trop sombre, et j'étais éblouie par les phares.

— Enfin, Meg... protesta Shannon.

— En plus, quand j'y repense, je ne suis même pas sûre qu'elle cherchait vraiment à m'écraser. Avec toute cette pluie, la rue glissait comme une patinoire. Peut-être que le conducteur a seulement perdu le contrôle de son véhicule. Si j'appelle la police, que veux-tu qu'elle fasse ? Ce serait juste une perte de temps.

— Et le type qui t'a empoignée dans les bois ?

– Pareil, répondit Meg. Je l'ai à peine vu. Je serais incapable de le décrire. Ne me regarde pas comme ça, Shannon. Je t'assure que la police ne pourrait rien faire pour moi.

Shannon haussa les épaules.

– Comme tu veux.

Les deux amies levèrent la tête vers la maison de la tante d'Ellen. C'était une bâtisse jaune vif aux volets blancs. La pelouse montait en pente raide. Pour atteindre la porte, les filles allaient devoir gravir une centaine de marches en pierre.

– On aurait dû apporter du matériel d'escalade, se plaignit Shannon en faisant signe à Meg de passer la première. Et peut-être un saint-bernard. (Elle se lança dans l'ascension à la suite de Meg.) Tu as l'intention d'aller à la soirée chez David Metcalf, ce soir ? Ses parents ne sont pas là, il en profite pour organiser un grand truc pour fêter la fin des cours.

– Oui, je sais, répondit Meg. Je dois y retrouver Tony. On peut y aller ensemble, si tu veux. Passe-moi la bouteille d'oxygène, fit-elle avant de lâcher un petit rire.

Elles étaient parvenues à mi-hauteur de la colline.

– Ça me fait drôlement plaisir de revoir Ellen, se réjouit Shannon. Bien sûr, on sera tellement crevées en arrivant là-haut qu'on n'aura plus la force de dire un mot, mais on pourra toujours essayer la langue des signes.

– Elle avait l'air en pleine forme, dit Meg, soudain nerveuse à l'idée de revoir leur vieille amie.

Shannon regardait droit devant elle. Meg suivit son regard et découvrit Ellen en haut des marches, en train de les observer.

– Salut !

– Salut ! Vous venez ? Je vous attends.

– Tu n'as qu'à nous lancer une corde !

Ellen portait un T-shirt lie-de-vin et un short blanc qui mettait ses longues jambes en valeur. Au soleil, ses cheveux paraissaient encore plus blonds, presque argentés.

Au sommet de la colline, les trois copines s'embrassèrent, s'exclamèrent qu'elles n'avaient pas changé et se félicitèrent réciproquement pour leur bonne mine. Toutes les trois étaient manifestement ravies de se retrouver.

– On passe à l'intérieur ? proposa Ellen. Ma tante est sortie faire des courses, mais...

– Non, restons plutôt dehors, répondit Meg en s'asseyant dans l'herbe. C'est super joli ! J'adore voir toute la rue d'ici.

– Elle s'excite toujours pour un rien, commenta malicieusement Shannon.

Elle-même s'assit sur la marche du haut, lissant son chemisier bleu.

– Alors, comment vous allez ? voulut savoir Ellen en prenant place entre ses deux amies.

– Très bien.

– Pareil. Et toi ?

– Moi ? Nickel. Tout va bien, leur assura Ellen.

Elle se mit à glousser, comme chaque fois qu'elle était tendue.

Elles baissèrent les yeux vers le bas de la colline où un garçon passait à vélo. « Tout allait à merveille il y a deux minutes, pensa Meg. Et là, on dirait que tout le monde est mal à l'aise. Allez ! Trouve quelque chose à dire ! »

– Comment est ton nouveau lycée ? demanda alors Shannon.

Ellen s'allongea dans l'herbe, les mains croisées derrière la nuque.

– Oh, ça va, dans l'ensemble. Il est plus grand que celui de Shadyside. Des fois, je me sens un peu... perdue.

Elle gloussa encore.

Le silence se prolongea un moment.

– Et ici, quoi de neuf ? finit par demander Ellen en renonçant à son sourire crispé.

– La routine, reconnut Shannon.

Meg avait beau se creuser la cervelle, elle ne trouvait rien d'intéressant à raconter à son amie. Il s'était quand même écoulé une année entière. Il avait bien dû se passer des choses !

– On a quelques nouveaux profs, dit-elle.

« Tu parles d'un scoop. »

– Cory Brooks et Lisa Blume sortent ensemble, déclara Shannon.

– Non ? ! s'exclama Ellen.

Meg trouva son intonation un peu exagérée. Cela n'avait rien de si surprenant, à bien y réfléchir.

– Incroyable ! ajouta Ellen, avant de ponctuer ce commentaire d'un petit gloussement.

– Et toi, tu es avec quelqu'un ? bredouilla Meg.

Elle se sentit rougir. C'était une question assez naturelle, au fond, mais ce n'était pas très délicat de la poser à Ellen après la mort brutale de son dernier petit ami.

« Oh, c'est bon. Ça remonte à plus d'un an », se rassura-t-elle.

Toutefois Ellen parut embarrassée.

– Non, dit-elle, plaquant de nouveau son sourire sur son visage. Je n'ai encore rencontré personne qui en vaille la peine. Enfin... je suis sortie deux ou trois fois avec des garçons, mais...

Elle fit la grimace.

– Suki Thomas s'est fait pincer pour vol à l'étalage, lança alors Shannon, pour changer de sujet.

– Quelle surprise... commenta Ellen, sarcastique, en secouant la tête.

– C'était sérieux, cette fois, précisa Meg. Elle a dû se présenter devant un contrôleur judiciaire et tout.

– J'imagine que ça l'a rendue encore plus populaire auprès des mecs, déclara Ellen. Non ?

– C'est sûr qu'elle a beaucoup de succès, reconnut Meg.

Une camionnette de fleuriste vert pomme descendit la rue en contrebas. Un petit nuage passa devant le soleil, jetant une ombre sur la pelouse. Les trois filles contemplèrent la camionnette en cherchant quelque chose à dire.

– Il y a plein de trucs que j'avais envie de te demander, fit Meg à Ellen. Mais après tout ce temps, je ne sais même pas par où commencer.

Ellen et Shannon hochèrent la tête, comme si cela suffisait à expliquer leur embarras, leur difficulté à se parler franchement et librement comme elles l'avaient toujours fait.

– Tu sors toujours avec Tony ? demanda Ellen sans regarder Meg.

Celle-ci rougit de nouveau.

– Oui. (Pourquoi se sentait-elle aussi gênée d'en parler ?) On est toujours ensemble. Il a traversé une sale période.

– Oui, je connais ça, dit Ellen sur un ton amer.

Elle arracha un brin d'herbe et se mit à le mordiller, plissant les yeux car le soleil était réapparu.

– C'est joli, par ici, observa Shannon.

– Oui, très, renchérit Meg.

« C'est horrible, pensa-t-elle. On n'a strictement rien à se dire ! »

– Shadyside me semble tellement petit, aujourd'hui, confessa Ellen. (Elle étouffa un bâillement.) Pardon. J'ai regardé la télé jusqu'à 2 heures du matin. On n'a pas le câble, chez nous.

– Quoi ? Je ne pourrais pas vivre sans le câble, s'exclama Shannon.

Ellen haussa les épaules.

– J'ai emprunté la voiture de ma tante pour me balader un peu. Rien n'a changé, sauf que tout est plus étriqué que dans mon souvenir. Ça m'a pris moins d'une demi-heure pour faire le tour de la ville.

– Eh oui, répondit Meg. Shadyside n'a rien d'une métropole...

« Quel commentaire stupide », se reprocha-t-elle aussitôt.

– Tu fais toujours du tennis ? demanda Shannon.

Ellen ne parut pas l'entendre.

– Ça me manque, nos parties du samedi matin, regretta Shannon.

– Vous vous rappelez les jeux auxquels on jouait quand on était gamines ? enchaîna Meg.

« Lamentable... En être réduites à parler du bon vieux temps... »

– Oui ! Quand on courait après notre ombre ? répliqua Shannon, avec un peu trop d'enthousiasme. Qu'est-ce que ça pouvait être bête !

– Oh, on a fait pire, dit Ellen en riant. Je crois que notre jeu le plus idiot c'était « Aaah ! une souris ! ».

– Je l'avais oublié, celui-là ! s'exclama Meg. Mais bon, c'était juste un concours de hurlements, non ? On faisait semblant d'avoir aperçu une souris et on voyait laquelle de nous poussait le hurlement le plus effrayant !

– C'était un super passe-temps, rétorqua Shannon. On devrait y rejouer maintenant, d'ailleurs. Je suis sûre que je gagnerais.

– Je suis sûre que non, dit Ellen.

Mais elles n'y jouèrent pas, en fin de compte. Elles continuèrent à discuter comme ça, de choses sans intérêt, pendant un moment. Meg se sentait de plus en plus mal à l'aise. Et elle savait que ses deux amies ressentaient exactement la même chose, ce qui n'arrangeait rien.

Un break gris vint se garer au bas de la pente.

– C'est tante Amy, s'écria Ellen en se levant d'un bond. (Elle épousseta l'arrière de son short.) Il faut que j'aille l'aider à monter les courses.

Visiblement, elle n'était pas fâchée de cette interruption.

– Je suppose qu'on n'a plus qu'à y aller, dit Shannon, déçue.

– Euh... tu es toujours partante pour une pizza samedi soir, hein ? dit Meg sur un ton faussement naturel.

Samedi soir, bien sûr, était la date prévue pour la fête. Cette histoire de pizza était le prétexte choisi par Meg et Shannon pour faire venir Ellen.

– Oui, oui. Comptez sur moi, promit Ellen avec un entrain forcé. À plus !

– À plus, Ellen.

Meg et Shannon descendirent les marches en silence. Elles ne prononcèrent pas un mot avant d'être à bord de la Mazda rouge de Shannon.

– Eh bien, ça ne s'est pas si mal passé, commenta Shannon avec sarcasme.

Meg se sentait tellement triste qu'elle était au bord des larmes. Elle inspira un grand coup et parvint à se contenir. Cette visite l'avait profondément démoralisée. Elle avait l'impression d'avoir perdu son amie une deuxième fois.

– C'est vrai qu'on n'avait pas grand-chose à se raconter, reconnut-elle prudemment.

Elle n'était pas certaine de savoir ce qu'éprouvait Shannon. Mais peut-être que si elles en parlaient toutes les deux, Meg ne se sentirait plus aussi seule, plus aussi... abandonnée.

– Bah, j'imagine que c'est normal, dit Shannon.

Dans les situations de ce genre, elle avait toujours tendance à minimiser.

– C'était affreux, tu veux dire ! se récria Meg d'une voix tremblante.

– On n'était pas très à l'aise, concéda Shannon, le regard sur la route. Sauf que ça faisait quand même un an qu'on ne s'était pas vues.

– Arrête, Shannon. Admets-le, implora Meg, écartant sa ceinture de sécurité de manière à pouvoir croiser les bras sur le tableau de bord et poser la tête dessus. C'était nul. On était là, comme trois idiotes, et personne ne savait quoi dire.

– Tu exagères, lui reprocha Shannon. Ç'aurait pu être pire. Vraiment. D'accord, on était un peu nerveuses, mais ça ira mieux la prochaine fois. Tu verras, je suis sûre qu'à la fête...

– La fête ! gémit Meg. Quel désastre ! Pourquoi je me suis obstinée à en organiser une ? Ça va être une catastrophe ! Celui qui voulait absolument l'empêcher avait bien raison !

– Meg...

– Tu crois qu'Ellen a envie de débarquer dans une fête où l'attendront tous ses anciens amis ? Shannon, elle n'était même pas contente de nous revoir nous !

– Meg, calme-toi. S'il te plaît. Tu déralles, là. Ce n'est pas parce qu'on était un peu rouillées cet après-midi qu'Ellen n'appréciera pas la surprise. Ce sera complètement différent. On sera différentes, et elle aussi. Tu verras. Tout ira bien.

Meg gémit de nouveau, la tête entre les mains. Shannon immobilisa la voiture.

– Pourquoi tu t'arrêtes ? s'écria Meg.

– Parce que tu es arrivée, répondit son amie en riant. Descends. On se voit ce soir, chez David.

Meg marmonna un vague au revoir et courut se réfugier chez elle. En pensant à la fête chez David, elle se rendit compte qu'elle était impatiente de voir Tony. Il y avait si longtemps qu'ils ne s'étaient pas retrouvés ensemble, rien que tous les deux. Il y avait tellement de choses dont ils devaient discuter.

Tony pourrait l'aider à y voir clair dans ce que Brian lui avait dit, dans ses menaces voilées. Elle avait hâte de lui parler de ses soupçons concernant son cousin. Tony pourrait peut-être l'aider à comprendre ce qui se passait...

17

Lundi soir

– Eh ben, ça se voit, que les parents de David ne sont pas là, commenta Shannon en levant les yeux au ciel.

– C'est la folie ! s'exclama Meg en contemplant la scène à travers le pare-brise pendant que son amie se garait devant chez les Metcalf.

Des haut-parleurs stéréo installés dans l'allée diffusaient de la musique à plein volume. Quelques couples dansaient dans le garage. Il y avait des adolescents partout sur la pelouse. Deux couples s'embrassaient sur les marches qui menaient au perron. Un troisième couple s'enlaçait sous un arbre. Toutes les lumières de la maison étaient allumées. Et visiblement, il y avait encore plus de monde à l'intérieur.

Shannon descendit de voiture et claqua sa portière. Elle portait un pantalon blanc moulant avec un petit haut rose en soie. Un type assis sur le gazon la siffla et lui lança :

– Waouh, Shannon, la classe !

Ce compliment fut salué par des rires approbateurs d'autres garçons sur la pelouse.

– C'est peut-être ici qu'on devrait organiser la fête pour Ellen, plaisanta Shannon. Il y a une sacrée ambiance !

– Allons voir à l'intérieur, suggéra Meg.

– On a bien fait d'arriver de bonne heure, avant que tout le monde ne se mette à vomir, déclara Shannon.

Elles remontèrent l'allée à pied. Meg chercha Tony du regard, tout en sachant qu'il y avait peu de chances qu'il soit déjà là.

– Attrape ! cria quelqu'un.

Un ballon de basket vola juste au-dessus de leurs têtes, rebondit plus loin dans l'allée puis roula dans la rue. Les garçons assis dans l'herbe étaient hilares.

– Où est David ? demanda Shannon à quelqu'un qu'elles connaissaient.

L'autre haussa les épaules.

– Je ne l'ai pas vu. Comment ça s'est passé, ton examen d'anglais ?

Ce fut au tour de Shannon de hausser les épaules. Meg se faufila entre les couples sur le perron et se glissa dans le salon. La pièce grouillait d'élèves du lycée en train d'aller et venir, de bavarder, de rire. Arnie Tobin, un ami de David – membre de l'équipe de gymnastique comme lui –, semblait assoupi sur le canapé. Il était probablement déjà ivre.

– C'est du délire, s'exclama Shannon. J'adore !

– Tiens, Lisa est là ! s'écria Meg.

Elle fit signe à Lisa, qui discutait avec un petit groupe à l'entrée de la salle à manger.

– Hé, Shannon, on dirait que tu t'es faite belle pour moi.

Meg se retourna pour voir qui avait dit ça. C'était Dwayne, une cannette de bière à la main, un grand sourire aux lèvres, qui s'avançait vers Shannon en la dévorant des yeux. Il s'approcha si près qu'elle dut reculer d'un pas.

– Je vois que tu t'es fait beau toi aussi, rétorqua Shannon, ironique.

Dwayne portait un T-shirt gris déchiré avec des taches brunes sur le devant, ainsi qu'un jean délavé auquel il manquait une poche.

Il se dressa au-dessus d'elle. Il la dominait d'une tête.

– Tu viens danser ? proposa-t-il.

– Tu parles. Je ne rêve que de ça depuis une semaine, répondit Shannon sur un ton mordant.

– Tu veux danser verticalement ou horizontalement ? renchérit-il, avant de s'esclaffer bruyamment.

– Dwayne, ce sont des mots drôlement compliqués, dis donc, le complimenta Shannon. Tu as pris des cours du soir ?

Le sourire de Dwayne s'estompa. Son regard devint dur.

– Je n'aime pas beaucoup ce genre de blagues. Je ne suis pas débile, tu sais ?

Il l'empoigna par le bras.

– Hé, lâche-moi ! protesta Shannon en se dégageant.

Cela le fit rire.

– Tu n'as pas peur de moi, quand même ?

– Non. Je n'ai pas peur des limaces non plus. Ça ne veut pas dire que j'aie envie qu'elles me touchent.

Le visage de l'adolescent s'empourpra, et il plissa les yeux.

– Arrête un peu, d'accord ? Je veux juste danser avec toi. Je ne suis pas comme tu crois, Shannon.

À force d'avancer, il l'avait acculée dans un coin.

– On pourrait essayer de mieux se connaître, tous les deux, suggéra-t-il en retrouvant le sourire. (Ce n'était pas son visage qu'il regardait, toutefois, mais son chemisier.) Tu verras. Je suis sûr que tu finiras par m'apprécier.

– Dwayne, s'il te plaît...

– Et si ça marche bien entre nous, on s'amusera encore plus à la fête de samedi.

– Quoi ? s'exclama Shannon. Mais de quoi parles-tu ? Personne ne t'a invité à cette fête !

– Si, Suki Thomas. Elle m'a demandé de l'accompagner.

Shannon avait le dos plaqué contre le mur. Dwayne but une gorgée de bière et vint se coller à elle.

– Dwayne, dégage ! Je n'ai pas envie de danser avec toi. Je suis sérieuse !

– Ne dis pas non avant d'avoir essayé, lui conseilla Dwayne avec un sourire salace.

Meg décida qu'il était temps d'intervenir.

– Hé, Shannon, Tony te cherche ! lança-t-elle.

C'était la première idée qui lui était venue. Elle s'approcha et tira son amie par la manche.

– Il est dans la cuisine. Il a un truc à te demander.

Dwayne était furibond.

– Tony ? Tu veux dire Gras-Double ? Parce qu'il est là ? Ce n'est pas l'heure d'aller au lit, pour les gamins ?

Meg l'ignora et entraîna Shannon hors de ses pattes. Il voulut les suivre mais elle le foudroya du regard. Il leva les mains en l'air.

– Ho, ho... j'ai peur ! (Il rit.) C'est bon, j'ai compris. On se verra à la fête.

Il jeta sa cannette vide sur le canapé. Elle rebondit sur le ventre d'Arnie puis roula sur la moquette. Arnie ne remua même pas.

– Merci pour le coup de main, mais j'aurais pu m'en tirer toute seule, dit Shannon à son amie. Je lui aurais donné un bon coup sur le nez avec un journal roulé.

– Ce type est un paquet de muscles. Il me fiche les jetons, avoua Meg.

– Je vais faire un tour dans la salle à manger, dit Shannon. J'ai l'impression qu'il y a une tonne de trucs à manger. Tu viens ?

– Non. Je vais plutôt... Oh ! Voilà Tony !

Celui-ci venait d'apparaître à l'entrée, vêtu d'un jean propre et d'un blouson de cuir.

– Salut, Tony. Au revoir, Tony, lui lança Shannon avant de s'éclipser dans la salle à manger.

Meg courut le rejoindre. Elle était si contente de le voir.

– Salut, bel inconnu, lui dit-elle en lui prenant la main.

Ses doigts étaient glacés.

– Super fête, commenta-t-il en regardant autour de lui. Où est David ?

Ils l'aperçurent tous les deux en même temps. Cory et lui venaient de sortir de la salle de jeux en marchant sur les mains, les jambes en l'air. Soudain, un déluge de petite monnaie s'échappa de la poche arrière de Cory, et les deux garçons s'écroulèrent sur le sol en riant.

– Allons-y, dit Tony en entraînant Meg vers la sortie.

– Tu viens à peine d'arriver. Tu n'as pas envie de voir tes copains ?

– Non. Seulement toi, répondit-il. Allons quelque part où on sera tranquilles.

Il lui sourit, mais elle le trouva nerveux. Et très pâle.

Quelques minutes plus tard, ils roulaient vers le nord dans la voiture de son père, en direction de la rivière. Le temps s'était couvert et un petit vent frais soufflait. Malgré ses deux T-shirts l'un sur l'autre, Meg regretta de ne pas avoir emporté de blouson.

– Il fait sombre, par ici, dit-elle en frissonnant.

Elle se glissa contre lui pour se réchauffer.

– Oui. Il n'y a pas beaucoup de lumière, reconnut-il, regardant droit devant lui.

La route se mit à monter en lacets au-dessus de la rivière. Il y avait un vieux sentier indien qui partait de cet endroit. Il commençait tout en bas, sur la rive est de la Conononka, et longeait le cours d'eau jusqu'au sommet des falaises de granite. Le point le plus élevé s'appelait le Saut des Amoureux. C'était un endroit romantique où les couples aimaient se retrouver, surtout par une belle soirée de printemps ou d'automne, mais personne ne savait pourquoi on l'avait baptisé ainsi.

Ils continuèrent à rouler sans échanger un mot pendant un moment.

– Tu es bien silencieux, ce soir, finit par faire observer Meg.

– Je suis simplement content d'être avec toi, dit-il.

Il avait une drôle de voix – tendue. Mais c'était peut-être un effet de son imagination, peut-être était-ce elle, qui était tendue ?

Parvenu au sommet, il ralentit et se gara entre deux arbres. Puis il coupa le contact et éteignit les phares.

– On marche un peu ? proposa-t-il.

– Je n'ai pas de blouson, se plaignit-elle. Tu me prêtes le tien ?

Il hésita.

– Viens, l'encouragea-t-il doucement. Je te tiendrai chaud.

Elle sortit de la voiture et le suivit sur le sentier. On entendait la rivière couler en contrebas dans l'obscurité. Le chemin menait tout en haut de la falaise. Tony lui prit la main.

– Ce n'est pas très rassurant, comme endroit, tu ne trouves pas ?

Il ne répondit rien. Elle pressa le pas et le devança d'une foulée, sans lui lâcher la main.

– Fais attention, le vide est juste là, dit-elle, subitement inquiète. Il faudrait vraiment qu'ils installent une rambarde.

Une fois de plus, Tony resta silencieux. Il se tenait derrière Meg. Il passa les deux bras autour de ses épaules, la serra fort contre lui et la guida tout au bord du précipice.

18

Lundi soir

« Autant en finir tout de suite », pensa-t-il.

Cela ne prendrait qu'une seconde. Une bonne poussée, et elle basculerait dans le vide. Simple et rapide.

Alors, pourquoi hésitait-il ?

Elle lui faisait tellement confiance. Elle avait l'air si détendue entre ses bras. Elle n'avait même pas posé de question quand il avait refusé de lui prêter son blouson.

Peut-être n'était-elle au courant de rien, finalement. Peut-être était-il sur le point de commettre un meurtre parfaitement inutile.

Il voulut en avoir le cœur net.

– Parle-moi un peu de Brian, lui murmura-t-il à l'oreille en l'écartant du bord de la falaise pour la ramener quelques pas en arrière.

– Il était bizarre, dit Meg en frissonnant. Je n'ai pas compris grand-chose à ce qu'il me disait.

– Et qu'a-t-il dit, exactement ? demanda Tony d'une voix où perçait une pointe d'impatience.

– Qu'il voulait me prévenir. Sauf que ça sonnait plutôt comme une menace.

– Te prévenir de quoi ?

– Je ne sais pas. Il m'a juste dit de faire attention. Qu'il y avait des choses que je ne savais pas. C'était assez confus. En tout cas, il avait l'air d'avoir vraiment peur. Et il m'a dit que j'étais en danger.

– À cause de qui ? Du type qui essaie de faire annuler la fête ?

Il la serrait étroitement entre ses bras. Au besoin, il pourrait la pousser dans le vide depuis l'endroit où ils se tenaient. Elle serait probablement trop surprise pour résister.

– Je ne sais pas. Il n'a pas voulu me le dire.

Ainsi donc, Brian n'avait pas complètement vendu la mèche, songea Tony. Il en avait eu envie. Il avait voulu le dénoncer. Mais il n'avait pas osé.

« A-t-elle deviné malgré tout ? Non. »

– Je me disais que toi, tu saurais peut-être de quoi il voulait parler ? dit Meg en s'adossant à lui.

« Toujours aussi confiante... »

– Je ne vois pas, prétendit-il. Il ne t'a rien dit d'autre ?

Il allait devoir la pousser. C'était inévitable. Même si elle n'avait pas encore compris, ça finirait par arriver. Et la vie de Tony serait fichue.

Elle s'appuyait contre lui. Une bonne poussée. Il n'en faudrait pas plus. Et il n'aurait plus de souci à se faire – plus à cause d'elle, en tout cas.

– Seulement que j'étais en danger. C'est tout. Il m'a prévenue de faire attention.

– À qui pensait-il, à ton avis ? demanda-t-il innocemment. Contre qui voulait-il te mettre en garde ?

« Prépare-toi. Ça va être le moment.

Tu la pousses et tu t'enfuis. Ne t'attarde pas à l'écouter hurler. N'attends pas d'entendre le *plouf* ou le choc de son corps contre les rochers. Cours, Tony. Ça ira, tu verras. »

– Je crois qu'il parlait de lui-même, dit-elle d'un ton dubitatif. Ce n'était pas très clair. Je pense qu'il voulait m'avertir de me méfier de lui. Cela dit, c'est bizarre, non ?

Une fois de plus, Tony hésita.

– Je ne sais pas. Brian a toujours été un peu dingo.

– Mais comment veux-tu que ce soit lui ? Cette nuit-là, dans les bois, ça ne peut pas être lui qui m'a empoignée par-derrière et jetée dans le fossé. Il était allongé tout au fond.

« Va-t-elle finir par additionner deux et deux et comprendre que je suis le seul suspect possible ? », se demanda Tony.

– Qui veux-tu que ce soit d'autre ? osa-t-il.

Il se campa solidement sur ses jambes et ferma les yeux. Il ne tenait pas à la voir basculer dans le vide.

– Peut-être qu'il y a deux personnes qui cherchent à empêcher la fête ? suggéra-t-elle. Brian et un complice.

Elle se tourna face à lui.

« Non. Ne te retourne pas. Ne me rends pas les choses plus difficiles.

Elle est tellement mignonne. On dirait une poupée. Ses traits sont si parfaits.

Reprends-toi, Tony. Bien sûr, que tu tiens à elle. Mais tu tiens encore plus à rester libre, à rester en vie, à protéger ton secret... pour toujours. »

– Brian et un complice ? Je ne sais pas, dit-il.

Sa voix tremblait. Se rendait-elle compte qu'il n'était pas dans son état normal ?

« Tourne-moi le dos, s'il te plaît. Ne me regarde pas en battant des cils comme ça. »

– Tony... tu n'es pas mêlé à cette histoire, hein ? lança soudain Meg.

– Quoi ?

Il frissonna violemment de la tête aux pieds.

Elle posa son front contre sa joue.

– Pendant un moment, je me suis demandé si Brian ne voulait pas parler de toi. C'est n'importe quoi, je sais, mais j'étais complètement déboussolée.

– Ouais. N'importe quoi, confirma-t-il. Brian pensait forcément à quelqu'un d'autre.

Elle était en train de comprendre, de reconstituer le puzzle. Il entendait presque tourner les rouages de son cerveau. Voyait-elle qu'il mentait ? Avait-elle deviné que c'était lui qui avait tué Evan ?

Elle se détacha de lui.

– J'aime bien entendre le bruit de la rivière tout en bas. Je trouve ça apaisant.

« Tu aimerais peut-être l'entendre d'un peu plus près ? », pensa-t-il. Elle avait pris une voix différente, plus froide, plus soupçonneuse. Ou bien était-ce le fruit de son imagination ?

– Il y a un autre truc qui m'a étonnée, avoua-t-elle. Ellen est passée voir Brian. C'est même la première personne à qui elle a rendu visite. Bizarre, non ?

Tony lâcha une exclamation de surprise.

– Ellen ? Que... Quoi ?

Trop agité pour se contrôler, il fut incapable de masquer sa contrariété en apprenant cette nouvelle.

Il la saisit par les bras. Banda ses muscles. Inspira profondément.

– Qu'est-ce qu'il y a, Tony ? fit-elle doucement.

– Rien.

« Une bonne poussée. Cela suffira. Le temps qu'elle se rende compte de ce qui se passe, elle sera probablement à la moitié de sa chute.

Non. Non. Non. »

Il n'allait pas faire ça.

Il comprit qu'il ne pourrait pas.

« Je ne suis pas un tueur, pensa-t-il. Je n'ai pas ça en moi. »

À moins que si ? En serait-il capable ?

Il se sentit pris de vertiges. Pendant un instant, il crut même qu'il allait basculer dans le vide.

Il s'appuya sur Meg et parvint à se maîtriser. À quoi servirait-il de la tuer ? Elle ne savait rien. Elle n'avait pas encore compris. Tuer Meg ne l'aiderait pas.

C'était Brian, le problème. Et Ellen.

Pas Meg.

« D'accord. Je vais te laisser vivre, Meg. Je vais te laisser organiser ta fête. »

Il avait tenté de la décourager et il avait échoué. Néanmoins la soirée en elle-même n'était pas un souci. Oui, les véritables problèmes étaient Brian et Ellen. Brian et Ellen. Brian et Ellen.

«Je serai à la fête avec eux, se dit-il. Je les surveillerai et j'écouterai soigneusement ce qu'ils diront.»

Il se souvint soudain du pistolet que son père rangeait dans un placard près de son établi, au sous-sol. Et de la boîte de munitions sur l'étagère.

« Le flingue. Je n'aurai qu'à apporter le flingue. Au cas où.

Oui. Je viendrai avec le flingue samedi soir.

Pour Brian. Pour Ellen.

Pour assurer ma protection.

Brian a déjà été tenté de me dénoncer. Qui sait ce qu'ils mijotent, Ellen et lui ? Mais je serai là. Je serai là, je serai prêt, et je n'hésiterai pas. »

– Tony, qu'y a-t-il ? Tu fais une drôle de tête.

Meg le dévisageait avec inquiétude. Pour la première fois, il crut lire une lueur de soupçon dans son regard.

– Euh... c'est rien. J'ai juste un peu froid. Regagnons la voiture, tu veux ?

– Mais... tu ne veux pas m'embrasser d'abord ?

Pourquoi le regardait-elle dans les yeux comme ça ? Pour se rassurer ? Pour y chercher la certitude qu'il n'était pas un meurtrier ?

– T'embrasser ? Oh. Si, bien sûr.

Il la prit dans ses bras et l'embrassa tout en pensant au pistolet qui l'attendait dans son sous-sol.

19

Samedi soir

Meg se gara et leva les yeux vers la maison de la tante Amy au sommet de la colline. Des veilleuses brillaient tout au long des marches, jusqu'à l'entrée. « Je ne vais quand même pas monter tout là-haut », soupira-t-elle.

Elle donna un coup de klaxon. Aucun signe d'Ellen. Elle klaxonna une deuxième fois, plus longtemps. Pourquoi mettaient-ils toujours des klaxons aussi discrets, dans ces voitures étrangères ?

Enfin ! Ellen apparut sur le perron et lui fit signe qu'elle descendait dans une minute.

Meg lui fit signe en retour, soulagée de ne pas avoir besoin de sortir de voiture. Elle se sentait tellement nerveuse qu'elle doutait de pouvoir apprécier un seul instant de la soirée. « Si ça fait plaisir à Ellen, j'imagine que ça en vaut la peine », se dit-elle. Shannon, Lisa et elle avaient trimé toute la journée pour mettre en ordre le manoir Halsey, le nettoyer, le décorer avec des fleurs et des ballons, et disposer la nourriture et les boissons.

« Je devrais avoir hâte d'y être. Mais au fond de moi, je suis sûre que ça va être nul. Ellen va détester. Elle m'en voudra à mort. Qu'est-ce qui m'a pris de vouloir faire ça ? »

Toutefois, le sourire qu'affichait Ellen en descendant les marches d'un pas vif la rassura un peu. En voyant approcher son amie, Meg se dit que la fête n'était peut-être pas une mauvaise idée, en fin de compte. Ellen avait toujours su prendre les choses avec bonne humeur. Elle accueillerait sans doute la surprise avec plaisir. Peut-être même serait-elle ravie de voir que ses amies s'étaient donné tout ce mal pour elle.

Il faisait frais et il y avait du vent, ce soir. Ce n'était pas un temps qu'on aurait pu qualifier d'estival. Ellen portait une minijupe rouge avec un collant noir. Et un chemisier noir à manches longues. Elle était très jolie.

« J'aimerais bien être aussi grande qu'elle », pensa Meg en voyant son amie se glisser dans la voiture. Elle-même portait un pull Gap bleu turquoise – son seul pull de marque – et un pantalon à pinces taille haute violet.

– Salut. Shannon n'est pas là ?

– On va la récupérer en chemin, expliqua Meg en passant la marche arrière pour manœuvrer. Tu es magnifique.

– Merci. Toi aussi. Tu n'as pas changé du tout, Meg. Tu as toujours l'air d'avoir dix ans.

– Je suppose que c'est un compliment ? rétorqua Meg en riant.

Elle partit vers le sud, en direction de Mill Road, qui les conduirait à Fear Street.

– On la récupère où, Shannon ? demanda Ellen en s'enfonçant dans son siège de manière à pouvoir poser ses genoux sur le tableau de bord. Chez elle ?

L'idée n'avait pas l'air de l'emballer. Meg se dit qu'elle n'avait sans doute pas envie de passer chez leur amie. Après tout, ç'avait aussi été la maison d'Evan.

– Non. Au manoir Halsey, répondit Meg avec naturel, comme si elle avait l'habitude d'y retrouver Shannon.

– Quoi ? Cette vieille bicoque dans la forêt ? s'étonna Ellen. Dans les bois de Fear Street ?

Meg hocha la tête, gardant les yeux sur la route. Elle n'avait jamais su mentir. Restait à espérer qu'Ellen ne lui poserait pas trop de questions.

– Qu'est-ce qu'elle fabrique là-bas ? demanda Ellen, baissant sa vitre avant de la remonter précipitamment quand elle s'aperçut qu'il faisait trop froid.

– Euh... je ne sais pas. Elle m'a juste donné rendez-vous là-bas, c'est tout, répondit Meg, décidant de ne pas se lancer dans un mensonge trop élaboré. Et ta tante, comment va-t-elle ? Ton séjour se passe bien ?

Ellen soupira et se tassa encore plus sur son siège.

– Oh, je ne sais pas trop, reconnut-elle en regardant défiler les maisons familières sur le bord de la route. Je n'aurais peut-être pas dû revenir. Ça réveille tellement de choses...

« Oh, super, songea Meg. Je vais la traîner dans un endroit qui lui rappelle tous ses mauvais souvenirs ! »

Elle s'engagea dans Fear Street, puis dépassa rapidement le cimetière et une rangée de vieilles maisons délabrées. Le ciel avait paru s'assombrir d'un coup, à l'instant où elle avait tourné au coin de la rue. Les lampadaires n'étaient pas allumés, et la plupart des maisons étaient plongées dans le noir.

Meg vit Ellen frissonner et fermer les yeux. Elles longeaient à présent les bois de Fear Street.

– Je déteste cet endroit, marmonna Ellen. (Elle rouvrit les yeux.) Dis donc, tu nous fais prendre la route touristique, ce soir ?

– On dirait bien, reconnut Meg.

Elle ne savait pas quoi répondre d'autre. Faire la fête chez Shannon n'aurait pas été mieux. « Sois honnête, se dit-elle, le mieux aurait été de ne pas la faire du tout. Ellen ne s'est toujours pas remise de ce qui s'est passé ici. Elle ne s'en remettra peut-être jamais. Et elle n'a même pas envie de faire semblant. »

Elle s'engagea dans le petit chemin de terre qui s'enfonçait dans la forêt en direction du manoir Halsey. Elle aurait voulu faire la conversation, mais rien ne lui venait ; elle se sentait aussi mal à l'aise que pendant leur visite de lundi. Et quand la silhouette sinistre du manoir apparut dans la lumière des phares, elle fut prise d'un sombre pressentiment.

– Le château de Frankenstein, lâcha Ellen. Ça fait des années que je n'y suis pas venue. On y organisait des fêtes d'anniversaire quand on était petites, tu te rappelles ? C'était d'un lugubre...

« Eh bien, attends-toi à une autre fête tout aussi lugubre ce soir », pensa Meg. Elle fut tentée de faire demi-tour devant le manoir et de ramener Ellen directement chez sa tante. Ou, peut-être, de simplement continuer à rouler au hasard dans la nuit, jusqu'à un endroit où il n'y aurait plus de maisons familières, plus aucun repère connu... et plus aucun souvenir.

« Ça ne te ressemble pas, Meg, se reprocha-t-elle. Tu sais toujours tirer le meilleur de n'importe quelle situation. C'est l'une de tes plus grandes qualités. Ça va être une super fête, une fois lancée. Enfin, peut-être pas super, mais sympa. Et Ellen l'appréciera. Il n'y a aucun doute là-dessus. »

Ragaillardie par ce discours d'automotivation, elle se gara devant l'entrée de la vieille demeure. Il n'y avait pas d'autre voiture en vue. Elle avait demandé à tous les invités de stationner derrière. Deux lanternes de pierre éclairaient le porche voûté, qui faisait penser à l'entrée d'un château.

– Je t'attends dans la voiture, dit Ellen. Cet endroit me donne froid dans le dos.

Meg ouvrit sa portière.

– Non, viens avec moi. Tu ne vas quand même pas me laisser y aller toute seule ?

Ellen fronça les sourcils et ôta ses genoux du tableau de bord.

– Tu n'es pas rassurée toi non plus, hein ? Qu'est-ce que Shannon peut bien fabriquer là-dedans ? (Elle descendit de voiture et lissa sa minijupe.) D'accord. Allons-y ensemble.

Meg se sentait tellement nerveuse qu'elle tenait à peine sur ses jambes. C'était la première fois qu'elle organisait une fête surprise de ce genre.

En poussant la porte en bois massif qui donnait sur le vestibule, elle se promit de ne plus jamais renouveler l'expérience.

– Après toi, dit-elle en s'effaçant devant Ellen.

Leurs semelles couinaient doucement sur le sol de marbre. La maison était silencieuse. Un lustre gigantesque, où se mêlaient le bronze et le cristal, dominait la pièce mais ne dispensait qu'un éclairage médiocre.

– Je pense que ça doit être par ici, dit Meg, faisant semblant de ne pas savoir où elle allait.

Elle traversa le vestibule et poussa une autre porte tout au fond. Celle-ci ouvrait sur une grande salle plongée dans la pénombre.

Ellen l'y suivit à contrecœur. Meg, les jambes en coton, respirait rapidement. « Je ne me suis jamais sentie aussi nerveuse de toute ma vie. Pitié, pitié, faites que ce ne soit pas un désastre complet. »

– SURPRISE !

La lumière s'alluma, dévoilant des dizaines de visages souriants.

Ellen fixa Meg avec stupeur et incrédulité.

– SURPRISE !

Ce cri fut suivi d'acclamations et de rires.

– Visez un peu sa tête ! cria Shannon. Elle ne s'y attendait vraiment pas !

Meg regarda Ellen, attendant un sourire, une expression de compréhension, d'acceptation, de ravissement.

Mais ce sourire ne vint pas.

Ellen semblait absolument horrifiée.

20

Samedi soir

Les quelques minutes suivantes restèrent gravées dans la mémoire de Meg comme une succession de photos prises au flash. Shannon serrant Ellen dans ses bras. Ellen finissant par afficher un sourire contraint. Ellen serrant Lisa dans ses bras. Lisa s'amusant de la bonne surprise qu'elles lui avaient faite. Ellen prévenant Meg en plaisantant qu'elle trouverait un moyen de lui faire payer ce coup-là. En ne plaisantant qu'à moitié, peut-être ? Tony et Ellen qui se saluèrent avec raideur, aussi gênés l'un que l'autre. Tony qui félicita Meg pour son organisation. D'autres adolescents qui se bousculèrent auprès d'Ellen pour la saluer et lui souhaiter la bienvenue. Puis celle-ci qui parut se détendre peu à peu.

— Ça se passe comme sur des roulettes ! cria Shannon à l'oreille de Meg pour tâcher de se faire entendre malgré le brouhaha.

Meg sursauta. Elle ne s'attendait pas à ce quelqu'un s'approche d'elle par-derrière.

— Tu es superbe, complimenta-t-elle son amie.

— Et tu as vu Ellen ? La tête qu'elle a faite !

Shannon partit ensuite discuter avec d'autres amis. Meg rejoignit Tony, qui se tenait un peu à l'écart, sans parler à personne.

— On étouffe, ici, dit-elle. Tu n'as pas trop chaud, avec ton blouson ?

— Non, ça va, bougonna-t-il.

Sa veste en cuir formait une grosse bosse au niveau de la taille. Il gardait les deux mains dans ses poches.

— Tu ne trouves pas qu'Ellen a l'air en forme ? dit Meg, qui se sentait beaucoup mieux, à présent.

— Ouais. Peut-être.

— Qu'est-ce que tu as, ce soir ? On est là pour s'amuser !

Pourquoi se montrait-elle aussi insistante avec Tony ? « C'est la nervosité », se dit-elle. Le moment de surprise s'était bien passé, mais la soirée ne faisait que commencer.

— Lâche-moi un peu, grommela-t-il. Tu sais bien que je n'aime pas trop ce genre de soirée.

Elle l'embrassa sur la joue.

– Tu danseras avec moi, tout à l'heure ?

– On verra.

Il lui adressa un sourire forcé.

Une fois que tout le monde eut salué Ellen, la grande salle devint très bruyante. Avec la fin des cours, tout le monde se sentait d'humeur à faire la fête.

Lisa parlait avec animation à Ellen, multipliant les éclats de rire et les gestes des mains. Ellen ne semblait pas lui prêter beaucoup d'attention ; elle n'arrêtait pas de fixer quelque chose par-dessus l'épaule de Lisa. Meg suivit son regard et vit qu'elle observait Tony.

Tony lui retourna son regard, se renfrogna, puis détourna la tête.

« C'est quoi, son problème ? » se demanda Meg. Puis quelqu'un vint lui demander où étaient rangées les assiettes en carton, et elle oublia momentanément la mauvaise humeur de Tony.

Quand elle revint quelques minutes plus tard, Ellen était en grande conversation avec un groupe d'amis. Lisa et Cory étaient là, et pour une fois ils n'étaient pas en train de se chamailler. À quelques mètres, Suki Thomas, avec ses cheveux blonds peroxydés coiffés en pointes façon punk, se tenait collée contre Dwayne ; lequel jetait des coups d'œil anxieux à travers la salle, sans doute à la recherche de Shannon. On entendait des rires et des discussions partout. Dans l'ensemble, constata Meg, cette fête se déroulait on ne pouvait mieux.

– Vite, mets-nous un peu de musique ! lui cria Shannon à l'oreille, la surprenant une fois de plus. Et pousse le volume à fond ! Cette soirée *déchire* !

Tony lui avait prêté son ghetto-blaster. L'appareil était presque aussi imposant que la chaîne stéréo qu'elle avait à la maison. Elle traversa la salle pour aller mettre une cassette et tomba sur Ellen.

– Super fête, Meg, la complimenta son amie en la serrant dans ses bras. Je ne m'y attendais pas du tout. Je... Je suis très touchée.

– J'avais peur que tu m'en veuilles à mort, avoua Meg avec un petit gloussement.

Elle se rendit compte qu'elle avait emprunté ce tic nerveux à Ellen.

– Non, c'est adorable. Vous n'auriez pas dû vous donner tant de mal.

– Ne sois pas ridicule, protesta Meg. Tout le monde tenait à marquer le coup pour ton retour. Tu nous as manqué, Ellen. Surtout à moi.

– Tu m'as manqué aussi.

Était-ce une larme qu'elle voyait briller dans l'œil d'Ellen ? Meg n'en revenait pas. Cela ne lui ressemblait pas du tout de se montrer aussi émotive. Cette surprise devait vraiment l'avoir remuée.

– Bon, je vais mettre de la musique, dit Meg en s'écartant.

Dwayne se dressa brusquement sur son chemin. Elle faillit lui rentrer dedans.

– Tu as vu Shannon ? lui demanda-t-il.

– Pas depuis un moment, répondit-elle froidement.

Elle chercha Suki du regard et l'aperçut au bras d'un autre garçon.

– Dis-lui que je la cherche, d'accord ?

– Promis.

Elle le contourna et s'éloigna d'un pas vif. Parvenue à la table du ghetto-blaster, elle fouilla rapidement parmi les cassettes, choisit la plus adaptée pour danser et l'inséra dans le lecteur.

Quelques secondes plus tard, une musique tonitruante jaillit de l'appareil. Le son, exceptionnel, résonnait contre les murs et le plafond de la vaste salle. Plusieurs couples se mirent à danser. Meg partit en quête de Tony et finit par le trouver assis tout seul dans un coin, en train de siroter une cannette de soda.

– Tu veux danser ? lui cria-t-elle, debout devant lui, bougeant au rythme de la musique.

– Peut-être plus tard, répondit-il.

Il prit une gorgée de soda, le regard braqué sur Ellen à l'autre bout de la salle. Malgré la chaleur étouffante, il n'avait toujours pas enlevé son blouson.

– La fête est géniale ! dit Lisa en venant s'intercaler entre eux pour prendre Meg dans ses bras. Tu as fait du bon boulot !

– Oh, on a toutes bien bossé, répondit Meg en souriant. Je crois qu'on mérite de...

Elle ne termina jamais sa phrase. Des éclats de voix du côté du ghetto-blaster attirèrent son attention. La musique s'interrompit brusquement. Quelqu'un poussa un cri. Les danseurs s'immobilisèrent et se retournèrent d'un air perplexe.

– Hé, que se passe-t-il ?

– BRIAN !

Meg et Shannon s'élancèrent vers lui. Brian se tenait entre la table du ghetto-blaster et la porte d'entrée. Il avait la tête entourée d'un gros bandage.

– C'est le retour de la momie ! plaisanta quelqu'un.

Plusieurs personnes rirent.

– SILENCE, TOUT LE MONDE ! hurla Brian par-dessus le brouhaha.

– Brian, qu'est-ce que tu fais là ?

Il avait les yeux brillants, la bouche tordue par un rictus. Il écarta les bras pour réclamer le silence.

– Brian, s'il te plaît... ! lui cria Meg.

Il l'ignora.

– Qu'est-ce qui lui prend ? demanda Ellen en rejoignant Meg avec une expression inquiète. Qu'est-ce qu'il compte faire ?

– Écoutez les paroles d'un magicien du quatrième niveau ! tonna Brian, les bras levés au-dessus de sa tête bandée.

Tout le monde se tut. Plus personne ne bougeait.

– Je détiens le pouvoir, à présent ! J'ai atteint le quatrième niveau ! Et ce soir, je vais ramener Evan à la vie !

– NON ! s'écria Ellen, horrifiée, se tenant le crâne.

– Je vais le calmer, moi ! s'exclama Tony en se dirigeant vers Brian, un poing fermé, l'autre main à l'intérieur de son blouson.

– Attends... dit Meg en s'efforçant de le retenir.

– Je vais ressusciter Evan... MAINTENANT ! cria Brian.

Il baissa les bras et pointa les deux mains vers la porte.

Laquelle s'ouvrit lentement.

– Mais que fait-il ? gémit Shannon.

– Non, arrête ! rugit Tony, s'arrachant à Meg pour courir vers Brian.

La porte s'ouvrit en grand. Une silhouette se découpa sur le seuil.

Et s'avança d'un pas.

– C'est une blague ? s'écria Shannon. Qu'est-ce que c'est que ce délire ?

Tony se figea, la main toujours à l'intérieur de son blouson.

Brian désignait le nouveau venu, une lueur de triomphe dans le regard.

Des exclamations de stupeur fusèrent de partout. Quelqu'un hurla.

Car la personne qui s'avançait dans la lumière était Evan.

21

Samedi soir

– Non ! ÇA NE PEUT PAS ÊTRE TOI ! hurla Tony.

Evan fixait Tony d'un air sinistre. Ses yeux semblaient presque vitreux dans la lumière crue. Il pointa sur lui un doigt accusateur et s'avança dans sa direction.

– IMPOSSIBLE ! TU ES MORT ! s'écria Tony, pris de panique.

Il sortit la main de son blouson. Il tenait un gros pistolet noir. Il l'agita dans tous les sens avant de le diriger en l'air.

– JE SAIS QUE TU ES MORT, PARCE QUE...

Evan continuait d'approcher.

– Tony, ce flingue ! s'écria Meg. D'où est-ce que tu... Pourquoi... ?

– D'accord, d'accord ! glapit Tony en regardant Evan dans les yeux. Je sais pourquoi tu es là, Evan. Je vais leur dire. Je vais leur raconter toute l'histoire ! Je vais dire à tout le monde qui t'a tué !

– Mike ? Mais pourquoi tu fais ça ? s'écria Shannon. (Elle se tourna vers Tony.) Ce n'est pas Evan, c'est Mike, mon demi-frère ! Nom de Dieu, range-moi ce pistolet !

« Je ne sais pas ce qu'il a l'intention de faire avec cette arme, se dit Meg, mais il faut que je la lui prenne avant que ça ne tourne mal. » Elle s'avança d'un pas hésitant et tenta de lui arracher le pistolet des mains. Tony se dégagea. Il la repoussa brutalement et braqua le pistolet sur Mike.

– D'accord, c'est bon ! Je vais tout leur dire ! répéta Tony. C'est ce que tu veux, non ? Eh bien, d'accord. Écoutez-moi tous ! Je sais qui a tué Evan. Je vais vous raconter toute l'histoire. Je...

Les lumières s'éteignirent.

Des cris et des hurlements s'élevèrent dans le noir. Tout le monde se bouscula en direction de la porte. Meg chercha Tony à tâtons. Elle voulait l'attraper, le retenir, lui prendre son arme, comprendre ce qui se passait, pourquoi il avait si peur, et ce qu'il était sur le point d'avouer.

D'avouer ?

Oui. Tony était sur le point d'avouer quelque chose.

Meg se mit à trembler. Elle repensa à la mise en garde de Brian. Et devina que Mike et lui avaient dû préparer ensemble cette petite mise en scène.

Juste pour faire peur à Tony...

Un coup de feu claqua tout près d'elle et la fit sursauter. Quelqu'un poussa un cri de douleur. Des chaises se renversèrent bruyamment dans la confusion générale.

– OH, NON... S'IL VOUS PLAÎT ! cria Meg, affolée. Rallumez la lumière ! S'il vous plaît, que quelqu'un rallume la lumière !

Quelques secondes plus tard, elle fut exaucée. Meg baissa les yeux. Tony gisait à ses pieds, recroquevillé sur lui-même, les traits déformés par la peur, une main crispée sur son épaule. Du sang coulait le long de son bras et gouttait sur le sol.

– Tony...

– Je... On m'a tiré dessus ! (Il n'en revenait pas.) On m'a tiré dessus !

– Arrêtez-le ! cria une voix de fille.

Arrêter qui ?

Meg redressa la tête. Qui s'enfuyait en direction de la porte ? Tout cela se déroulait si vite qu'au début elle ne fut pas certaine de l'avoir reconnu. Mais si. C'était Dwayne. Et il tenait l'arme de Tony entre ses mains.

– Arrêtez-le ! Il a tiré sur Tony !

Dwayne se prit les pieds dans une chaise renversée, fit un vol plané puis s'étala par terre. Il se retourna vivement et agita d'un air menaçant son pistolet, qu'il n'avait pas lâché. Il se releva lentement, jetant des regards méfiants de part et d'autre, veillant à garder tout le monde dans son champ de vision.

– J'ai failli m'en tirer, regretta-t-il. Dommage que vous ayez rallumé.

– Dwayne, mais qu'est-ce qui t'a pris ? s'écria Meg.

Tony, qui se tordait de douleur, geignait en se tenant toujours l'épaule. Son sang continuait à couler, formant une flaque de plus en plus large sous lui.

– La ferme ! La ferme ! rugit Dwayne en braquant son arme sur Meg.

Elle lut dans ses yeux qu'il ne savait plus quoi faire. De toute évidence, il avait pensé tuer Tony puis s'enfuir à la faveur de l'obscurité. Sauf que désormais, toutes les personnes présentes l'avaient vu avec le pistolet à la main.

Pourquoi ? Pourquoi avait-il voulu tuer Tony ? Et pourquoi Tony avait-il apporté cette arme à la fête ? Meg était aussi confuse que terrifiée.

– Je n'avais pas le choix, grommela Dwayne, continuant à jeter des regards nerveux autour de lui. N'essayez pas de me suivre !

Il s'avança brusquement et empoigna Ellen par le bras. Il pointa le canon de son pistolet contre sa tempe.

– Toi, tu viens avec moi. C'est mérité, non ? Toi aussi tu as aidé à tuer Evan.

Meg n'était pas certaine d'avoir bien entendu. Ellen aurait aidé à tuer Evan ? Elle *aussi* ? Que voulait-il dire par là ?

– Non, s'il te plaît... le supplia Ellen.

Mais Dwayne l'entraîna de force vers la sortie.

– Si quelqu'un tente de me suivre, je le descends ! hurla-t-il.

Personne ne fit un geste. Tout le monde voyait bien qu'il ne plaisantait pas.

– S'il vous plaît, faites ce qu'il dit ! leur cria Ellen.

« Il faut pourtant qu'on réagisse, pensa Meg. On ne peut pas le laisser partir avec Ellen. Il a déjà tiré sur Tony. On ne va pas le laisser tirer en plus sur Ellen !

Tout ça, c'est à cause de moi. C'est ma fête. Mon initiative. Ma faute. »

Elle savait bien qu'elle n'avait pas les idées claires. Elle avait trop peur pour être lucide. Mais elle savait aussi qu'elle ne pouvait pas rester sans rien faire. Elle se déplaça rapidement le long du mur tout en demeurant dans l'ombre.

Dwayne, qui battait en retraite vers la sortie, ne parut pas s'en apercevoir. Si elle pouvait atteindre la porte la première, elle arriverait peut-être à le surprendre, à lui arracher son arme, ou au moins à donner une chance à Ellen de s'échapper.

Les adolescents se tenaient en petits groupes, pétrifiés par la peur. Meg se faufila discrètement derrière eux, priant pour que Dwayne ne la remarque pas.

Réussirait-elle à lui tomber dessus avant qu'il ne franchisse la porte ? À le surprendre suffisamment pour qu'il lâche Ellen ?

Meg avait le tournis. Le sol semblait se dérober sous ses pieds. Les murs vacillaient. Mais elle continua de progresser en silence vers la porte.

– C'est ça. Tout le monde reste bien sage, déclara Dwayne. Ne m'obligez pas à faire quelque chose que je regretterais.

Il tenait Ellen par la taille, à présent. Il avait ôté son pistolet de sa tempe pour le braquer devant lui, mettant tout le monde au défi de le suivre.

Meg parvint à la porte avant lui.

Elle inspira un grand coup. Dwayne n'était plus qu'à quelques pas. Il lui tournait le dos. Son pistolet était à portée de main.

Elle n'avait qu'à tendre le bras et...

Il pivota soudain. Et la vit.

Il jeta Ellen sur le sol tandis que Meg passait à l'action.

Elle bondit sur le pistolet. Elle vit son expression, ses yeux.

Et comprit qu'elle s'était décidée trop tard.

Dwayne la saisit par le bras et la fit tournoyer. Il la plaqua durement contre le mur et lui colla le canon de son arme dans le cou.

Il appuyait si fort que Meg poussa un cri de douleur.

– D'accord, Meg. Tu viens aussi. J'ai toujours rêvé d'avoir deux filles pour moi tout seul.

Tout parut s'accélérer ensuite. Tout se déroula très vite, trop vite pour réfléchir, trop vite pour comprendre.

Ils se retrouvèrent dans le couloir obscur. Tous les trois. Dwayne poussait les deux filles devant lui en les menaçant avec son arme chaque fois qu'elles hésitaient ou faisaient mine de ralentir. Bientôt, il les fit courir.

Ellen regardait droit devant elle, le visage inexpressif. À quoi pouvait-elle bien penser ? Meg essaya de traîner les pieds, de résister, mais Dwayne lui appuya son arme contre la nuque. Le canon était froid, si froid ! Elle en eut des frissons, qui ne s'arrêtèrent pas lorsqu'il éloigna l'arme d'elle ; des frissons si violents qu'elle avait du mal à courir, à bouger, et même à respirer.

Il les poussa jusque dans le vestibule, marqua un temps d'arrêt devant la porte, puis leur fit prendre une autre direction. Ellen jeta un regard perplexe vers la sortie. Pendant une seconde, Meg crut qu'elle allait tenter de s'enfuir. Mais elle se contenta de baisser la tête et de fermer les yeux, attendant avec résignation que Dwayne leur dise quoi faire.

– Ils vont nous chercher dehors, expliqua-t-il sèchement. Alors on va attendre tranquillement à l'intérieur.

Il les entraîna vers l'escalier du sous-sol. Meg trébucha, manqua tomber, mais il la retint par le bras.

– Ils vont fouiller les bois toute la nuit. Et nous, pendant ce temps-là, on sera là-dessous. Moi et mes deux copines. Bien au chaud.

Il rit. Il paraissait très satisfait de son plan.

– Pourquoi ? bredouilla Meg d'une petite voix étranglée.

– Avance ! ordonna-t-il en lui donnant une bourrade qui faillit lui faire dégringoler les marches.

– Pourquoi ? répéta-t-elle, trop effrayée pour lui désobéir, et trop désemparée pour ne pas chercher à comprendre. Pourquoi as-tu tiré sur Tony ?

– Je n'avais pas le choix. Je ne savais pas ce qu'il allait dire, mais je ne pouvais pas prendre le risque. Je ne pouvais pas le laisser raconter à tout le monde que...

– Que *quoi* ?

– Que c'est moi qui ai tué Evan.

22

Samedi soir

– Mais c'est Tony qui a tué Evan ! s'écria Ellen. Je l'ai vu !

Meg s'arrêta et lâcha une exclamation horrifiée :

– Tony ?! Qu'est-ce que tu racontes ?

– C'est Tony qui a tué Evan, répéta Ellen.

– Enfin, c'est impossible...

– Meg, tu ne sais rien, dit Ellen avec amertume.

– Continuez d'avancer, ordonna Dwayne d'une voix rude en faisant un geste avec son pistolet.

Où étaient-ils ? Il les avait conduites dans une partie de la maison qui n'avait pas encore été restaurée, à travers plusieurs pièces sombres et poussiéreuses – certaines vides, d'autres encombrées de mobilier, d'outils ou d'équipement.

Ils franchirent encore une porte et pénétrèrent dans une dernière pièce. Dwayne trouva l'interrupteur et alluma la lumière. Il s'agissait d'une grande cuisine. Crasseuse, couverte de toiles d'araignée, elle paraissait abandonnée depuis très longtemps. Des casseroles en cuivre terni pendaient à des crochets le long d'un mur, au-dessus d'une cuisinière graisseuse. Les placards débordaient d'assiettes et de vaisselle qui n'avaient pas servi depuis des années. L'endroit sentait le moisi et la pourriture.

– Parfait, déclara Dwayne en regardant autour de lui. J'ai toujours adoré les cuisines. Pas vous ? (Il rit tout seul.) Ils ne viendront jamais nous chercher ici. On va patienter un moment, se mettre à l'aise, et quand les choses se seront un peu calmées, on en profitera pour filer.

Il ordonna aux filles de s'asseoir sur le sol au pied de la gazinière. Elles s'exécutèrent.

Il pointa son arme sur chacune d'elles en imitant le bruit d'une détonation avec ses lèvres.

– Très drôle, Dwayne, marmonna Ellen.

– La ferme ! s'exclama Dwayne avant d'éclater de rire comme s'il venait de faire une blague.

– Qu'est-ce que tu nous fais, sérieusement ? reprit Ellen. J'ai vu Tony tuer Evan. À quoi ça rime, ton numéro de cinglé ?

– Tu veux dire que tu n'as jamais reconstitué ce qui s'était passé ?

Dwayne paraissait sincèrement stupéfait.

– Je *sais* ce qui s'est passé, insista Ellen. J'étais là. Tony et moi avions suivi Evan dans les bois de Fear Street. Parce qu'on était inquiets pour lui. Je venais de lui annoncer que je voulais rompre avec lui.

– Tu *quoi* ? s'exclama Meg.

Tout cela n'avait aucun sens. Ellen avait voulu rompre avec Evan ?

– Désolée, Meg. Sincèrement, s'excusa Ellen en voyant son expression éberluée. Mais il est temps que tu grandisses, tu sais ? Tony et moi, on se fréquentait dans ton dos. C'est avec lui que je voulais être. Et je l'avais dit à Evan.

– Tony et toi... ?

– Oui. Tony et moi. Je te laisse imaginer comment Evan l'a pris. Il est devenu fou furieux. Il a attrapé le fusil de son père et il est parti en trombe. Il a dit qu'il avait besoin de tirer sur quelque chose. Alors Tony et moi l'avons suivi. On se faisait vraiment du souci. Il était tellement imprévisible... On voulait simplement le calmer. Mais Tony et lui se sont mis à se battre, à se disputer le fusil... et le coup est parti. Evan est mort. C'est Tony qui l'a tué.

– Je ne te crois pas, dit Meg, abasourdie. (Elle remonta les genoux, enroula ses bras autour et posa sa tête dessus.) Tony était là ? Ce n'est pas possible ! Brian a dit...

– Brian est arrivé en courant une minute après la bagarre. Il nous a trouvés en train de nous demander quoi faire. Tony était dans tous ses états. Et puis il nous a dit qu'il avait pensé à une solution. Il allait faire en sorte que tout le monde pense qu'Evan s'était tué tout seul, par accident. Il nous a menacés, Brian et moi. Il nous a dit qu'il nous tuerait si on racontait à qui que ce soit qu'il était dans les bois avec nous. Tu aurais vu la tête qu'il faisait ! On voyait bien qu'il ne plaisantait pas.

– Je... Je ne te crois pas. Tu mens, protesta Meg.

– Autant te raconter la suite, continua Ellen. Tony s'est enfui après avoir maquillé la scène de crime. Moi, j'étais hystérique. Je n'arrivais plus à réfléchir. J'avais trop peur, et Brian aussi. Dès que Tony est parti, on a couru chercher de l'aide. Pendant tous ces mois, Brian et moi avons gardé le secret. On n'a rien dit, pour Tony. On avait trop peur de ce qu'il nous ferait.

– Pas étonnant que Tony ait été aussi bizarre ces derniers temps, murmura Meg.

Dwayne s'esclaffa. Meg releva la tête. Elle avait presque oublié qu'il était là, debout devant elles, avec son arme. Pourquoi riait-il ? Qu'y avait-il de si drôle ?

– Je dois avouer que j'étais loin de me douter de ça, reconnut-il.

– De quoi parles-tu, Dwayne ? fit Ellen.

– Je pensais que Tony avait découvert la vérité. Je croyais qu'il allait la dire à tout le monde, là-haut, quand ce clone d'Evan a débarqué. Je pensais qu'il allait vous dire que c'était moi qui avais tué Evan. (Il rit de nouveau, puis secoua la tête.) Le pauvre idiot. Il s'est fait tirer dessus pour rien.

Il se mit à faire les cent pas dans la pièce, faisant tournoyer son pistolet au bout de son index.

– Comment aurais-tu pu tuer Evan ? insista Ellen. Hein ? Je les ai vus se battre pour s'emparer du fusil, Tony et lui. Je l'ai vu tomber. Il est mort sous mes yeux !

Dwayne la toisa avec dédain.

– Tu es trop bête, toi aussi. Ce n'est pas Tony qui a tué Evan. C'est moi. Brian et moi étions sortis jouer à *Wizards & Dungeons* dans la forêt quand on a entendu le coup de feu. Brian a voulu aller voir. Je lui ai dit que je rentrais. Mais en fait, je l'ai suivi à distance, sans me faire repérer.

– Donc tu étais là, toi aussi ? s'écria Ellen.

– J'ai tout vu. Toute la scène. J'ai cru que Tony avait tué Evan. Mais après son départ, quand Brian et toi êtes partis chercher de l'aide, je me suis approché pour jeter un coup d'œil. Evan n'était pas mort. La balle ne l'avait même pas touché ! Il s'était simplement assommé sur une pierre en tombant.

– Oh, non ! geignit Ellen. Il était encore en vie ? Et toi, tu l'as...

Dwayne hocha la tête.

– Je le détestais. Je l'ai toujours détesté. Il refusait de me laisser sortir avec sa sœur. Il ne voulait même pas que je lui parle ! À croire que je n'étais pas assez bien pour elle. Il me traitait comme un moins que rien. Alors... j'ai saisi ma chance. J'ai ramassé le fusil, et je lui ai donné une leçon. Sa dernière. Il était déjà mort, après tout ! Trois témoins pouvaient en attester. J'ai juste rendu ça... officiel.

– C'est la chose la plus abominable que j'aie jamais entendue ! s'écria Meg.

Elle s'aperçut qu'elle tremblait. Sa bouche était tellement sèche qu'elle faillit s'étrangler. Elle avait les mains et les pieds gelés.

Dwayne ricana.

– Oui, hein ? dit-il en bombant le torse. Le plus drôle, c'est que ç'a été simple comme bonjour. Et presque amusant, dans un sens.

« Il va nous tuer toutes les deux, comprit-elle. Il a tué Evan comme on écrase une mouche. Ça le fait même rigoler ; il n'a pas le moindre remords. Il a tiré sur Tony là-haut. Et maintenant, ça va être notre tour. Il nous en a trop dit. Il nous a tout raconté.

On ne s'en sortira pas vivantes. »

Dwayne lui sourit. On aurait dit qu'il lisait dans ses pensées. Il fit de nouveau tournoyer son pistolet au bout de son index en les toisant d'un air menaçant.

« Il faut agir, pensa Meg. Je ne vais pas rester assise là sans rien faire. Je dois au moins tenter quelque chose. »

– Comment peut-on tuer quelqu'un comme ça ? s'exclama Ellen d'une voix emplie de dégoût, d'horreur... et de crainte.

– Tu veux que je te montre ?

Il braqua le pistolet sur elle et releva le chien.

– Non, arrête !

Ellen tendit les mains devant elle comme pour se protéger.

Dwayne rit et imita encore le bruit d'une détonation avec ses lèvres.

« Il ne va pas faire semblant toute la nuit. Tôt ou tard, il va finir par presser la détente pour de bon. »

– On peut se mettre debout ? demanda Meg. J'ai les jambes qui s'engourdissent.

– Oui. Bien sûr, répondit Dwayne, sans lâcher Ellen des yeux. Allez-y.

Il faisait toujours tournoyer son pistolet et le laissa tomber par mégarde sur le sol en ciment.

Pendant qu'il se penchait pour le récupérer, Meg aida Ellen à se relever et lui souffla à l'oreille : « Aaah ! une souris ! »

Dwayne se redressa, pistolet au poing.

– Vous n'êtes pas très rapides, toutes les deux, déclara-t-il avec un rictus méprisant. Vous auriez pu en profiter pour vous enfuir.

– On ne serait pas allées bien loin, grommela Meg.

Elle se demanda si Ellen l'avait entendue. Et si elle avait compris. Elle n'osait pas croiser son regard pour s'en assurer. Dwayne les surveillait de près.

Elle devait absolument tenter quelque chose. Tuer Evan avait été très simple, selon Dwayne. Ce ne serait pas si facile cette fois-ci. Elle n'avait pas l'intention de mourir dans ce sous-sol crasseux.

Le dos collé contre le carrelage froid du mur, elle se rapprocha légèrement d'Ellen et lui toucha le bras. « À toi de jouer, Ellen. Tu te souviens de notre jeu ? Aaah ! une souris ! Tu as entendu ce que je t'ai dit ? S'il te plaît, Ellen.

Je t'en prie. »

– Quoi, qu'est-ce qu'il y a ? s'écria Dwayne, levant son arme d'un air soupçonneux.

– AAAH ! hurla Ellen à pleins poumons en pointant quelque chose derrière lui. UNE SOURIS !

Surpris, Dwayne tourna la tête.

C'était le moment ou jamais. Meg se décida en une fraction de seconde.

Elle tendit le bras vers une grande poêle en cuivre suspendue au mur, lourde et épaisse.

Elle la décrocha et la brandit à deux mains dans le même mouvement.

Et quand Dwayne se retourna, elle la lui balança en plein visage.

On entendit le choc sourd du métal contre l'os.

Dwayne n'émit pas un son.

Il ferma les yeux. Deux dents dégringolèrent de sa bouche. Du sang jaillit de son nez.

Et il s'écroula comme une masse.

Meg ramassa le pistolet sur le sol.

– Remontons là-haut, haleta-t-elle, tremblant sous l'effet de l'adrénaline. Quelqu'un a sûrement dû appeler la police.

Elles jetèrent un dernier coup d'œil à Dwayne, allongé à plat ventre dans une mare de sang. Puis elles s'enfuirent de la cuisine et traversèrent l'enfilade de pièces obscures pour regagner l'escalier.

– Eh bien toi, lança Ellen en courant derrière Meg, quand tu organises une fête, on peut dire qu'on ne s'ennuie pas !

23

Dimanche après-midi

– Donc depuis le début, c'était Tony qui essayait d'empêcher que la fête ait lieu ? dit Shannon en lançant une paire de chaussettes à Mike.

Ce dernier les attrapa au vol et les laissa tomber dans sa valise. Shannon et Meg l'avaient rejoint dans sa chambre pour l'aider à faire ses bagages.

– Oui, c'était lui, dit Meg en secouant la tête. Qu'est-ce que j'ai pu être stupide !

– Pas du tout, protesta aussitôt Shannon. Tu as été, euh...

– Naïve ? suggéra gentiment Mike en pliant un de ses jeans.

– C'est juste une autre manière de dire *stupide*, bougonna Meg.

– Meg, enfin, ça ne te ressemble pas de parler comme ça, lui reprocha Shannon. Tu as vécu des moments difficiles. Comme nous tous. Mais il ne faut pas que ça te rende...

– Amère, proposa Mike, terminant la phrase de sa demi-sœur à sa place, une fois de plus.

– Oui, je crois que cette histoire m'a appris beaucoup de choses, dit Meg avec un gros soupir.

– Et Tony ? Il va s'en sortir ? demanda Shannon.

– Il avait perdu beaucoup de sang mais l'ambulance est arrivée très vite. Ils ont pu l'emmener à l'hôpital à temps. Le médecin a dit que ça irait, répondit Meg à voix basse.

Elle savait qu'une page de sa vie s'était tournée. Elle s'était tellement habituée à Tony. Elle allait devoir continuer sans lui, désormais.

Shannon montra une chaussette sale.

– Et celle-là, Mike, tu l'emportes aussi ?

– Non, je comptais t'en faire cadeau. Pour ton anniversaire.

Shannon la jeta dans sa valise.

– Bah, elle ne sent pas plus mauvais que le reste de tes fringues.

– J'ai parlé au père de Tony, dit Meg. Il va l'aider à se faire soigner. Vous savez, lui trouver un psy. Il a des amis qui en connaissent un excellent à New York. Le pauvre Tony ne sait plus où il en est. Il va avoir besoin de temps.

– Pensez un peu à ce qu'il a vécu, dit Mike en secouant la tête. Une année entière à croire qu'il était un meurtrier, que les gens finiraient par le découvrir et que sa vie serait détruite. Et voilà qu'il apprend que ce n'était pas lui, finalement. Ça doit être difficile à encaisser.

– Pauvre Tony. Et pauvre Ellen, dit Shannon. Et pauvre Brian. Pauvres de nous.

– Où est Ellen, d'ailleurs ? demanda Mike.

– Elle est repartie ce matin, répondit Meg. Je me demande si on la reverra un jour.

Ils restèrent silencieux un moment, repensant à la scène horrible à laquelle ils avaient assisté la veille. Un soleil éclatant filtrait entre les rideaux, agités par une brise tiède. Des oisillons pépiaient dans leur nid juste sous la fenêtre.

– Ton cousin Brian est un drôle de type, finit par dire Mike. Quand il est venu me voir avec cette idée de me faire passer pour Evan, j'ai cru qu'il était cinglé.

– C'est ce qu'on croyait tous, avoua Meg. Mais il avait simplement peur de Tony. Il se plongeait dans ses mondes imaginaires uniquement pour échapper à la réalité.

– N'empêche que, sans Ellen et lui, on n'aurait peut-être jamais su la vérité, fit observer Mike d'un air pensif.

– Sans Ellen et lui ? répéta Meg, surprise.

– Oui. Ce sont eux qui ont imaginé de me faire jouer le rôle d'Evan, expliqua Mike.

– Alors c'est pour ça qu'elle était passée le voir ! comprit Meg. Pour préparer cette mise en scène.

– Ce qui veut dire qu'elle savait, pour la fête, fit remarquer Shannon.

– Brian l'avait mise au courant, confirma Mike. Ils ne supportaient plus le poids de la culpabilité, ni l'un ni l'autre. Ils voulaient dire la vérité. Que tout le monde sache, pour Tony, pour eux, pour ce qui s'était vraiment passé dans les bois de Fear Street. Ça faisait des mois qu'ils avaient envie d'aller voir la police. Mais après avoir attendu si longtemps, ils avaient peur qu'on ne les croie pas. Et ils avaient peur de Tony, aussi. Ils se disaient que ce serait moins risqué de le dénoncer devant tout le monde.

– J'ai trouvé Brian drôlement convaincant, dit Meg.

– Il a été très courageux, oui, dit Mike en bouclant sa valise.

– Toi aussi tu as été courageux, dit Meg.

Elle se détourna, prise d'une soudaine envie de pleurer. Le trop-plein d'émotion commençait à la rattraper.

Shannon vint s'asseoir à côté d'elle sur le lit et passa son bras autour de ses épaules.

– Ça va aller, lui dit-elle gentiment. Ça va aller, maintenant.

Meg essuya ses larmes avec le dos de sa main. Shannon et elle accompagnèrent Mike au bas de l'escalier.

Il s'arrêta devant le vestibule et posa sa valise.

– Tu veux bien prévenir papa pour qu'il m'emmène à l'aéroport ? demanda-t-il à sa sœur.

– À vos ordres, chef !

Shannon partit à la recherche de leur père.

Mike se plaça face à Meg et lui sourit.

– Je reviens en juillet, lui dit-il. On aura peut-être l'occasion de sortir ensemble, tous les deux ?

Meg lui retourna son sourire.

– Ce serait chouette, dit-elle. Ça me plairait bien de sortir avec toi, Mike. Par contre, euh... juste un truc...

– Oui ?

– S'il te plaît : *pas de fêtes !*